夢のまた夢

野崎幻庵と菜穂の物語

新井恵美子

展望社

幻庵・野崎廣太

鈍翁・益田孝

幻庵の眠る岡山の国清寺

小田原松永記念館に移築された
葉雨庵

写真はいずれも Wikipedia より

《目次》

装丁　新田純

文中、敬称は略させていただきました。

夢のまた夢——野崎幻庵と菜穂の物語

一、葉雨

「私、あなたのお見えになるのを待っておりました。ずうっとずうっと待っておりました。こう申し上げると、初めてお目にかかるのに変だとお思いになるでしょう。でも、私には分かっていたのです。あなたはきっとお見えになる。きっときっといらして下さる。あなただとははっきり分かっていたのではありません。どなたかがやって来て、私の話を聞いて下さるに違いない。そう思ってこうして毎日待っておりました。待った甲斐がありました。あなたはいらして下さったのですもの」

川島菜穂は一息にそう話すと苦しそうに、大きな溜息をついた。

小田原市立病院の小さな個室であった。菜穂は協調性がなく、他の患者さんとの諍いが絶えないので長期入院にもかかわらずこうして個室に入れられているのだとナースセンターで私は聞かされていた。

「川島さんはよほどお悪いのでしょうか」

とわたしはそのナースに聞いてみた。

「川島さんですか？　今は安定しておられます。喉頭の大きな手術をされて大変な生命力で立ち直られたんですが、お部屋の方ともめましてね」

と彼女は口ごもった。

川島菜穂はナースが言ったように、時々苦しそうに喉を鳴らした。

「ゼーゼー」と彼女の喉は悲しげな音を立てるのであった。しかし、その音以外には、病状らしきものも見えず彼女は九十二歳とは思えぬ若々しさで、野崎幻庵の話をしてくれた。

「そうでしたか。あなたはあのお茶杓をご覧になりましたか。あれを旦那さまがお作りになった日のことを私、今でも覚えております。花の季節が過ぎて、透き通るようにうすい若葉に雨がふりかかる。それを旦那さまは葉雨と名づけられました。『菜穂、見てごらん。葉に滴る雨を。この世にこれほどきれいなものが他にあるだろうか』そう旦那さまはおっしゃってせっせと茶杓を削っておられました。完成した茶杓に『万歳万々歳』と銘をお付けになりました。そうですか。あの茶杓が郷土資料館に納められましたか。七十年もたったのですもの、そうやって茶杓が生きていてくれただけでありがたいと思います」

「さあ、どこからお話ししたらよろしいでしょうか。そうです。まず私が旦那さまのお宅に初めて上がった日のことから始めればいいのですね」

こうして川島菜穂の長い話が始まった。

時折、切ない喉の音をたてながら彼女の話は続いた。それは実に興味深いものだった。

「あれは、大正十二年の春先のことでした。私は十九になっておりました。私は叔父に連れられて十字町、諸白小路《もろはくこうじ》の自怡荘《じいそう》と呼ばれる野崎さまのお屋敷に〝おはした〟として参ったのです。私はそれまでにあちこちのお宅に伺っておりましたが、どちらも長続きはせず周囲の者は明らかに困っていたようです」

それはそうだろう。当時、十九の娘といえば大抵の者はすでに嫁ぎ、早い者なら子どもを二人も生んでいた。いつまでも腰の落ち着かない娘を身内は口には出さずとも、厄介者と思っていたに違いない。

「厄介者といえば、私は生れ落ちたその瞬間からすでに困った子供だったのです」

彼女は明治三十七年、小田原の青物町で産声を上げた。両親には最初の子どもで待ち望まれたのだが、男と女の双子として生まれてしまったのだ。

当時明治の世も落ち着き、新しい文明が西欧から入ったとはいえ、まだまだ庶民の頭は古く徳川時代と大して変わらなかった。心中の生まれ変わりと言われる男と女の双子は忌み嫌われた。

「つぶしますか？」

と産婆は妊婦の耳元でささやいたという。

「いくらなんでも可哀想すぎる」

と母親は思い、あわてて首を振った。

「じゃ生かすんですね」

産婆は言ったそうだ。母親は後にそのことで姑に一生叱られ続けねばならなかった。

川島の家にとって必要だったのは、男の子ひとりだった。一応二人には名がつけられた。鶴之助と亀。亀はシウと呼ばせた。当然のことながら、シウはいらない子として育てられた。たまにシウが風邪でも引けば家族は密かに喜んだ。

「そうやって成長する者の気持ちがお分かりになりますか？」

と彼女は言った。

シウは小学校に上がる年に叔父夫婦に引き取られ、兄鶴之助とは別の学校に通った。

シウは学校の成績もよく、目から鼻に抜けるような賢い子だった。叔父は家業の紙漉きを早くから仕込んだ。期待どおりシウはよく仕事を覚えた。

「これは思いがけない拾いもんかもしんねえぞ」

と叔父夫婦は喜んだ。

が、シウは叔父の跡取りになろうとは思わなかった。いっそのこと口減らしとして女中に出る方がましだと子どもながらに考えた。叔父達の便利な跡取りには絶対になりたくはなかった。

小学校六年を卒業する時は組一番の成績で、

「こんな出来のいい子が女中になるなんて」

と担任の先生は嘆いてくれたが、シウの気持ちは変わらなかった。女中でもなんでもいい。シウは自分の力で生きていきたいと考えていた。しかし実際に女中になってみると、それは文字どおりの口減らしだった。

たしかに、日々の食は与えられるし、年に二度の節季には着るものもお仕着せとして、貰える。生きていくだけならそれでいいかもしれない。

しかしシウはそれだけで一生を終わりたくはなかった。去年より今年、今年より来年と少しでも高まりたいのだった。

「川島、勉強は一生ものだよ。学校になんか行かなくたって、その気になればどこでも学べるんだ」

と担任の先生は言ってくれたが、女中になって学んだものといったらごはんの炊き方と赤ちゃんのあやし方くらいのものだ。

シウは考えた。将来のことを思えば、何よりもお金が欲しかった。少しでもいい。給金をくれる仕事を求めて、シウはその年までウロウロしてしまったのだった。

「野崎さまの話は叔父が和紙の御用で、出入りさせていただいていて聞いて参りました。その頃、野崎さまでは奥様が長く患っておられたのですが、奥様付の〝おはした〟が誰も長続きせず困っておられたのです」

シウは金に糸目をつけぬという野崎家の話を聞いて、そここそ自分の求めていた働き場だと思った。それまで住み込んでいたお宅をさっさと辞めてしまった。

叔父を急《せ》かせて野崎家の話を進めてもらった。野崎家の方では困っていたのでいいも悪いもない。

すぐに話はついた。叔父吉川松夫はいつもとはまるで違っておどおどした様子だった。

野崎家の自怡荘は見事な門構えで、三百坪あるという屋敷内には空心庵と名づけられたお茶室もあった。

シウは野崎家の勝手口から屋敷の中に入ったとたん、全く新しい世界に迷い込んだ。そこは生まれて初めて、心から安心できる世界だった。

その理由はすぐに分かった。この家の主の優しさだった。

叔父は台所にシウをおくと「しっかり勤めるよう」と言い置いてそそくさと戻って行った。かわりにばあやがシウを旦那さまの所に連れていってくれた。その時、野崎廣太は机に向かって書き物をしていた。

シウの教えられたわずかばかりの知識によれば、野崎はこの年六十四歳、中外商業新聞社の社長や三越百貨店社長などをなさった方で今は茶道三昧に過ごしておられるということだった。

シウの常識の中には茶道などいうものは全くなかった。それを立派な会社の社長様をなさった方が夢中になること自体シウには分からなかった。

「奥様付に上がりましたシウでございます」

とばあやが申し上げると旦那さまはくるりと振り向いて、じっとシウの顔を見た。

「お前は随分面白い顔をしているね」

と言った。

「それにしてもシウとは変な名だねえ」

とも言った。

「シウとはどう書くのかな」

と尋ねられた。

「亀と書いてシウと読ませるそうですが」

とシウは小さな声で、しかしはっきりと答えた。それは長い奉公暮らしで身につけた知恵だった。奉公人がはっきり物を言わないと馬鹿にされることをシウは知っていた。

「亀ねえ、シウと読むかねえ」

そう言って野崎様はシウ達に背を向けて、大きな辞書をしばらく操っておられた。ばあやとシウは動くことも出来ず、部屋の端に控えていた。

長い時間が過ぎたようにシウには思えた。

ばあやの背中越しに床の間の茶花を見ていた。小さな一輪挿しに差された小ぶりの山椿をシウは見ていた。

「椿の花を床の間に飾るなんて」シウは呆れていた。

椿の花はポトリと首から落ちるので、家の中に飾るのはこの地方では忌み嫌われていた。

それが無意味な風習で男女の双子を嫌がるのと同じだと野崎からシウが教えられるのはずっと後のことになる。

「よく分からん、しかしシウではお前が可哀想だ。亀もダメだ。よし、私に任せなさい。よい名を付けて上げよう」

とおっしゃるとじっとシウの顔を見つめていた。

『なほ』はどうだろう。菜の花の菜と稲穂の穂で『菜穂』だよ。川島といったね。川島菜穂だよ。今日から」

という理由でその日からシウは菜穂と呼ばれるようになった。

奥の間の奥様に御挨拶をする時には「川島菜穂と申します」と言った。新しい名をすぐに好きになった。

「シウでは可哀想だよ」と言ってくれた野崎の心持ちがなによりもうれしかった。

自分の身の上を何も話していないのに、優しく感じ取ってくれた人に大きな信頼を抱いたのであった。

「よろしくね」と布団の上の奥様は向こうを向いたまま大儀そうに言った。

その瞬間から菜穂ことシウは奥様づきとしてその薬臭い、湿っぽい部屋で終日を送ることになった。

菜穂はその部屋で奥様の世話をすることがどういうことかすぐに分かった。菜穂の前任の娘達が半年も持たずに替わっていった理由も頷けた。

白い絹の寝巻きに包まれた病人は、しとやかで美しかったが、とんでもなくわがままな人だった。病人は自分の病気に飽き飽きしていたのだった。

彼女はその時、四十歳そこそこであった。長い患いにもかかわらず、胸の膨らみもまだ衰えを見せない。それだけに彼女のいらだちは募るのだろう。そのいらだちをまともに受けるのは菜穂達〝おはした〟だった。

「野崎様の奥様」と菜穂は教えられたが、その人は野崎の小田原妻であることをやがて知らされることとなる。

白い寝巻きの美しい人は、野崎の第二夫人であった。野崎の本妻とその息子は東京に住まっていたが、本妻はすでに亡くなってしまったそうだ。

「小田原妻とはいったい何のことですか」

と菜穂はばあやに聞いたことがあった。

「あれまあ、小田原の娘っ子が小田原妻を知らないのかね」

と言ってばあやは菜穂にこんな話をしてくれた。

明治末近くの頃の事だったそうだ。東京で成功した政治家や財界人、芸術家、貴族達が大挙して小田原にやって来て、ここで安穏な晩年の日々を過ごすようになった。

「私の考えじゃあね。そもそもの事の起こりは益田鈍翁さんあたりとにらんでるんだがね」

とばあやは得意げに話した。

明治四十年の山県有朋侯の『古稀庵』完成をもって全ての始ま

りとするのが一般的だが、ばあやは「ちょっと違うね」と言う。

「まず益田さんだと言うのはね、最初に小田原の地に目をつけて、二万五千坪の土地を入手したのは益田さんだもの。明治三十九年には、益田さんは掃雲台に着手してるんだよ。なんでも益田さんは小田原の気候が体によいと医者に薦められたという話だよ。海三分山七分の土地っていうのがいいんだよ、とかでね。それともうひとつ小田原城内にあった御用邸も関係してるね。元老山県さんは当時の皇太子様、いまの天皇さんの黒幕と言われるお方だもの……まず益田さんは自分の隣りに古稀を迎えた山県さんの『古稀庵』を建てて、山県さんを小田原に送りこんだってわけだ」

とばあやは話した。

「小田原妻っていうのは東京の本妻さんとは別に小田原の別荘に置かれた奥さんのことさ。ちなみに山県さんと益田さんの小田原妻は実の姉妹なんだよ」

と、そんなばあやの話を聞きながら菜穂は、

「うちの旦那さまの話は、いつ出てくるのだろう」

と考えていた。

「うちの旦那さまかい？　うちの旦那さまはお前も知っているようにお若い頃、慶應義塾を卒業されたあと三井物産に入られたんだよ。益田さんは『三井の大番頭』と呼ばれる方で社長さんをしておられた。益田さんはうちの旦那さまを高く買われて、御自身の片腕としておられた。それに茶道の方でも互いの理解者であるということだ。そんなわけでうちの旦那さまもまず箱根湯本に茶室『幻庵』をつくられた。これが小田原の勢力範囲に近づく第一歩だったと思うよ。その時から旦那さまは御自身を幻庵と名乗るようになられたのさ。幻庵という名の由来かい？　それは旦那さまに直接お聞きよ。話して下さるさ。こんど伺ってみなよ。その茶室かい？　それが旦那さまらしいじゃないか。『褒めるやつにくれてやった』ってこうおっ

しゃるんだよ。そうは言ってても無料ってわけにもいかないだろうから、それなりのお礼は向こうもなさっただろうさ」

一息ついて、ばあやの話はつづく。

「それより奥様のことだったね。小田原妻と一口に言ってもいろいろでね。益田さんは新橋の芸者だった老松《おいまつ》こと、たきという女性にぞっこんで側室にされた。はやくに奥さんを亡くされていた山県さんにたきの実妹さだを推薦したのは当然ながら益田さんよ。さださんは能をみごとに舞われるそうだ。大正天皇の皇太子時代にさださんは『熊野』を舞ってご覧にいれたそうだよ。たきさんは茶人としてもなかなかだとうちの旦那さまはいつもおっしゃってるよ。皆様そりゃ教養ってものがおありなんだよ。うちの奥様の場合はまたちょっと変わっててね。奥様が女学生のころ御両親を亡くされたので、引き取られて御自身のお手で理想の女性に育てられたんだよ。東京の奥様はお茶を嫌われてなさらなかったので、こちらの奥様とお茶事を楽しまれていたのさ。奥様は病に倒れてしまわれるまでは、おふたりは傍から見ても頬笑ましいものだったんだよ。奥様は寝つかれてから人が変わってしまわれたよ。私のことも以前は気に入ってくれていたのに、今じゃ『年寄りはきらい！　あっちにいっとくれ』ってこうだからね。おはしたも次々替わるんだよ。お前もいつまで続くことか……」

ばあやの話を聞いて、菜穂は「これは大変だ」と思った。

それまでは自分だけが我慢すれば長続きするものと思いこんでいたが、あのわがままな奥さんがこちらを嫌うということもあるのだ。

「それは大変！」

なんとか奥様に気に入っていただかなくてはならない。

菜穂はこの野崎家のご奉公を最後の砦と考えていた。野崎家が給金を支払ってくれることが何よりもありがたい。住み込みだから生活費は一銭もかからない。菜穂は給金をまるごと貯金することが出来る。それは菜穂にとってささやかながら希望の灯であった。

十九歳の菜穂が一人で誰も頼らず生きていくには、なんとしてもお金が必要だった。ここをクビになるわけにはいかないのだ。

しかし奥様は気難しかった。とくに苦労するのは下《しも》のものを処理する時だ。白い美しいおしりをそうっと持ち上げほうろうびきの便器を差しこむのだが、慣れない頃はあちこちにぶつけてしまって菜穂は厳しく叱られた。

「どうしてそんなに下手なのぉ」

奥様の声は悲鳴のように菜穂の耳元に響いた。

「申し訳ございません」

菜穂は畳に頭を擦りつけて謝るのだけれど、容易には許してはもらえない。そうこうするうち奥様のお小水は静かに流れ始め菜穂の手はその生暖かいものでしたたかに濡れるのだった。

しかし菜穂は奥様のお小水を汚いものとは思わなかった。ご用が終わったあとの始末がまた大変だった。消毒液に浸した脱脂綿で花びらのような白い割れ目をそっと拭う。その拭い方はきつ過ぎてもダメ、ぐずぐずしていてもお気に召さない。何気なく、けれどやさしく心をこめて手を動かさなければいけない。

菜穂は奥様の体内から、そういうものが定期的に排出されることをどんなに恨んだことか。

実は当の奥様自身が誰よりもその瞬間を憎んでいたのだった。

菜穂は奥様がプライドをずたずたにされながら、自分の恥部を他人にさらけ出さなければならない悲しみに耐えていられるのだと気づいた時、その仕事はもはや苦痛でもなんでもなくなっていた。

「お気の毒な奥様……」

菜穂はほうろうびきの便器の中のものを始末しながら呟いた。奥様が〝おはした〟を口汚くののしって叱りつけるのは、ご自身の切なさをごまかすための手段であったのかと、ある時気がついて胸をいっぱいにしたのだった。そんな菜穂の気持ちは奥様は微妙に伝わったようだった。

もうひとつ難しい仕事はお食事をひとさじひとさじお口に運ぶ間のとり方だった。

早すぎても遅すぎてもまずい。それでなくとも食欲がない奥様に少しでも食べていただかなくてはならない。奥様はまわりの者を困らせる時には、食事を拒否するという手を使った。

「奥様どうぞ召し上がって下さいませ。私が旦那様に叱られます」と菜穂は泣かんばかりにお願いするのだった。そうすると奥様はケラケラと笑った。

「たんと叱られるといいわ。ああ面白い。お前が叱られて泣くところを見てあげるわよ」

奥様は口の端をぐいっと曲げて意地悪い顔でそう言うのだった。

菜穂はそんな奥様の顔を見ると心のなかで、別の気持ちが生れるのをどうすることも出来なかった。菜穂は本当は旦那さまに叱られるのはなんでもなかったのだった。

「奥様そうやっていつまでも駄々をこねていらして下さい。それでお気がお済みになるのでしたらお安い事です。ただお願い！　私を辞めさせるとだけはおっしゃらないで下さいませ」

と菜穂はいつも胸のなかでくり返していた。

そんなある日の昼下がりだった。

「旦那さまがお呼びになっておられるよ」

とばあやが菜穂を呼びにきた。どんな御用かしらと菜穂はすこし心配しながら旦那さまの部屋に行った。

「菜穂かい。お前すまないが墨を擦っておくれでないかい」

と旦那さまは顔だけ菜穂の方に向けて言った。菜穂はホッとした。

小学校の頃、菜穂は墨擦りが得意だった。菜穂は、上等な旦那さまの硯に向かって生き生きと墨を擦った。

「合格だよ」

旦那さまは叫んだ。

「菜穂、思った通りだよ。お前は素晴らしいものを持っているんだよ。どうだい！　おれの生徒にならんか」

と旦那さまは菜穂の擦った墨を筆によくふくませながら言った。

菜穂の希望の始まりだった。

八方ふさがりの奥様のお世話の日々に、急に光が差し始めるように感じていた。

奥様のお世話のほんのわずかな時を盗むようにして、菜穂は旦那さまの学校で学んだ。

旦那さまは菜穂にお茶のお点前を教えてくれた。また、茶道具の扱い方を教えてくれた。それらを菜穂は実に良く覚えた。覚えることが何よりも楽しかった。

「思っていた以上だよ。菜穂はよい生徒だよ」

と旦那さまは喜んでくれた。それが菜穂にはうれしかった。

一方、奥様の病状は一進一退で、なかなか快方には向かわないのだった。

そんな矢先だった。

後に関東大震災と呼ばれる未曽有の惨事が起こった。小田原の町内だけでも三百七十人もの死者を出した。

野崎の家でも、空心庵を崩壊させてしまう。

菜穂は最初の揺れが来た瞬間、奥様を無事に助け出すことを考えた。ばあやと男衆の手を借りて、奥様を海岸の砂浜に運び出し、揺れの収まるのを待った。

大正十二年九月一日の昼過ぎであった。御用邸や野崎宅に近い閑院宮邸も崩壊したと伝えられた。

子どものように怯える奥様をなだめながら、菜穂は街の方を仰ぎ見た。火の手は数個所から上がり空を焦がしている。

「もうダメ。何もかも無くなっちゃうのよぉ」

と奥様は絹を裂くような声で泣いた。

「旦那さまはどこへ行ったの？　私をこんな所に置いて一体どこへ行ったの？　菜穂、探しておいで！」

こんどは命令だ。

街の中心地から出た火は十字町の隣まで来て止まった。野崎邸に火が及ばなかったことは何よりの救いだった。

空心庵の崩壊は野崎を嘆かせたが、「誰も命を落とさなかったのは何よりの幸せ」と無事を喜んだ。

道路ひとつ越した所にある足柄病院では倒壊と同時に出火して、医師、看護婦、患者、付添人など三十三人の死者を出していた。

「茶室のひとつやふたつで文句は言えんな」

と野崎は菜穂に笑いながら呟いた。いちばん心配された奥様がしっかり持ちこたえられたのだ。一家は嬉々として、崩壊を免れた自怡荘へと戻って行った。

関東大震災は東京からの別荘組に大きな影響を与えずにはいなかった。「もう小田原はこりごり」とばかり逃げ帰ってしまう者も多かった。

が、野崎はめげなかった。

崩壊した空心庵を建て直して『葉雨庵』と名づけた。

「菜穂、おれの茶道はこれからだよ」

と野崎は震災後の日々を新たに生きようとしていた。

菜穂の生活もすっかり変わった。

奥様はいよいよ病気の中に入り込んでいった。旦那さまは奥様を子どものように優しく扱ったが、もはや伴侶としての存在ではなくなっていた。

誰もが気づかぬうちに、十九歳の菜穂が旦那さまの支えとなっていた。旦那さま自身もそのことに気づかぬまま菜穂を頼りにし始めていた。

「葉に降る雨が好きなんだよ。葉は雨の重さに耐えかねて、体をよじらせて雨をこぼすだろう。その様子が好きなんだよ。菜穂なら分かるだろう」

と旦那さまはしみじみと言った。

その頃には、菜穂は旦那さまの片腕として、ちょっとしたお茶事を取り仕切れるようになっていた。

菜穂は茶道というものが、お点前《てまえ》に始まって、華道、書道、絵画、懐石料理と幅広く教養を要求されることを野崎に教えられた。

近頃では、奥様は一日中うとうとと眠っていることが多くなった。菜穂は奥様の目を盗むようにして旦那さまの部屋に通った。

「おう来たか来たか」

と旦那さまは菜穂の来るのを待っていてくれるのだった。

『葉雨庵』の完成を祝う茶会は、震災復興に沸く小田原の街のなかで、茶道愛好家を集めて賑やかなものとなった。
残念ながら山県侯は震災の前年、他界されたが、益田鈍翁は元気にやって来てくれた。
菜穂はその日、裏方として細心の注意を払って勤め上げた。
「野崎に菜穂あり」と人が言うようになったのはその頃からだ。

二、安閑草舎

ある日のことだった。奥様がうとうと始められるのを見計らって、菜穂は旦那さまの部屋に行った。

「おう菜穂か。どうだい。天気はいいし、風も爽やかだ。ふたりで遠足に行こうじゃないか」

とその日、野崎はそんな事を言い出したのだった。

菜穂は、「旦那さまの気まぐれが始まった」と思いながらも誘われることがうれしくて、いそいそと準備にかかった。

まず奥様のことをばあやに頼み、二人分の弁当を作り、旦那さまの脚絆の支度をした。

「一体どちらに参るのですか？」

と尋ねても、「いいとこだよ」と笑うばかりだ。

良く晴れた春の一日だった。

旦那さまはしっかりとした足取りで、どんどん歩いて行った。菜穂は着物の裾をからげて、必死で旦那さまの後を追った。早足で山道を歩くと汗がにじんだ。

「おうい、どうしたい！　頑張れよ」

旦那さまは菜穂の様子をからかって囃し立てていた。早川口から石垣山に登る山道は鬱蒼《うっそう》として細く険しかった。

「よしよし、ひと休みとしよう」

大きな松の木の下で、ふたりは静かな休憩を取った。考えてみれば、菜穂はそんなふうに旦那さまとたったふたりだけになるなんて初めてのことだった。

その時、野崎はひとりの男として菜穂に向き合い、菜穂に甘えるようにして子どもの頃の話をした。

野崎廣太は岡山県庭瀬《にわせ》で生まれ、たった二年で実母を失い、最初は叔母が母代わりをしてくれていたが、叔母が嫁いでしまうと義母が来た。義母は廣太にとって、底なしの意地悪をする継母だった。父親に見えないところで、幼い廣太を苛めるのだった。

「それが悲しくてね」

と六十五歳の立派な旦那さまが菜穂に訴えるのだった。

「おれはお前に言い付けてるんだよ。だから聞いとくれよ」

と野崎は子どものように菜穂に訴えるのだった。

「菜穂、お前なら分かるだろう。お前はおれと同じ悲しい目をしていたんだよ。初めて家に来た時、お前は昔のおれみたいな目をしていたんだよ」

と野崎は言った。

「さあお前も話しなさい。お前の悲しい子どもの頃のことを……」

菜穂はその時、生まれて初めて、他人に心から甘えられ、自分も安心して何でも話して大丈夫な人に出会ったのだと感じていた。それだからこそ、菜穂は旦那さまに男女の双子として生まれた自分のことを話したのだった。

「私はいらない子として育ちました。『つぶしますか？』と産婆さんは申したそうです。母の憐憫《れんびん》によって私は生かされました。その後、生かして下さったのは旦那さまです。今やっと私は人間にしていただいたと思っております」

それは、風ひとつ動かぬ静まりかえった時間だった。年齢もかけ離れ、環境も違う二人の魂が寄り添う瞬間がそこにはあった。

野崎は東京で最初の妻との結婚生活を始めたが、日々の暮らしは砂を噛むようなものだった。その空しさを埋めるように、野崎は仕事に熱中した。

益田孝の片腕として三越百貨店や中外商業新聞（後の日本経済新

聞）などの会社の社長を務め事業を拡大していったのはそんな時であった。

益田のすすめもあって、野崎は小田原に新天地を求めた。そして理想の女性を第二夫人に見つけようとした。しかし第二夫人もまた野崎の寂しさを埋めてくれはしなかった。

大きな失望を彼女に見せないように努力はしたが、第二夫人は病み付くと、執拗に野崎を責めるようになった。

「一体私のどこが悪いんですか？　何を直せばいいの？」

と嘆いた。

「女学校の頃から野崎の好むように教育されたのに、なぜ不満げに自分を避けるのだろう」

と彼女は情けなかった。自分の生涯が無駄であったように思えてくるのだった。野崎は彼女の怒りが痛いほど分かっていた。

「奥には気の毒だが、おれだって残念だったよ」

と言う。

「菜穂、来年の春はお前を庭瀬に連れて行こう。庭瀬で茶会をやるんだよ。お前はおれの手伝いをしておくれ」

野崎は、そう言ってから、また子ども時代の話をした。

名家であった野崎の家が没落して、廣太が進学する頃にはどうにもならなくなった。「大学どころではないな」と廣太は諦めかけていた。

そんなある日の夕方、廣太はぼんやり庭瀬の家の縁側に座っていた。前途に何ひとつ明るいものはなかった。すでに頼りの父は無く、向こう気ばかり強い義母と二人、細々と生きていくしかないのだった。

その時だった。廣太は縁側の板の間の隙間から一条の光を見たのだった。「一体何だろう」と床下に潜ってみた。光の出ている辺りを探ってみた。引きずり出してみると、大きな石棺だった。人間が一人入れるほどの大きな棺だった。

中身は黄金の塊だった。戦国時代に野崎の先祖がとっさの判断で床下に隠した金貨が忘れ去られていたものだったらしい。廣太少年の未来が金色に輝きだした瞬間だった。

廣太はまず義母の生活を安定させておいて、東京に出ようとした。その時、廣太は先祖の墓の花筒を竹から石に取り替えて、旅に出た。当時は岡山の者が東京に出る場合は、船で大阪に出て、そこからは徒歩で東海道を進むのだった。

やがて鉄道が出来、往来も楽になった。廣太は東京に出られたことが何よりもありがたかった。迷うことなく慶應義塾の門を叩いた。時代は日に日に新しくなっていく。人の心も、物も変ろうとしていた。

廣太の生まれた年の前年、安政五年、福沢諭吉は築地鉄砲洲に私塾を開いた。慶應四年、私塾は慶應義塾として三田で生まれ変わり、新時代に相応しい若者の養成の場となっていた。

岡山に住む廣太の耳にも慶應義塾の噂は届いていた。「おれの学ぶ所はそこしかない」と最初から決め込んでいた。義塾にとっても廣太のような青年は待ち望まれる存在だった。

希望どおり入門を果たすと廣太は、自身の住まいを三田の荒れ寺に決めた。下宿代がなかった訳ではない。無駄を省いて困った人に施したいと考えたのだった。

「それに、おれは寺が好きでね。何だか落ち着くのさ」

と野崎は後々もよく言った。

三田の寺で東京暮らしを始めた廣太はよく豆腐屋におからを貰いに行った。食費の浮いた分も貧しい人に与えた。希望どおり学問の道が開けた自らの幸運を思えば、食うことや住むことはどんなものでもかまわないのだった。

義塾で学ぶ廣太はある日、益田孝の噂を聞いた。廣太より十歳年上の益田はすでに世に出て大活躍をしていた。井上馨とともに益田は先収会社を興し、その後、三井物産会社に成長させていたのだった。

「益田さん待っていて下さいよ。わたしもすぐにお手伝いさしていただきます」

廣太は会ったこともない益田に語りかけていた。廣太は自分の将来を引き受けてくれるのは益田であり、益田の片腕になれるのは自分しかないと思いこんでいた。

益田は幕末、自身の強い希望から年齢をごまかしてまで父親とともに、欧州視察の旅に出ていた。十五歳の益田の目に欧州は光り輝くものだった。

海外に国の窓を開いた日本にとって、益田の見てきたものは貴重なものだった。

当時、開国の刺激は若者たちを動かさずにはいなかったが、多くの若者はその志を政治に向けていった。

しかし、益田や野崎などの一部の者は「人を幸せにするのは富だ。経済だ」と考えていた。

「貧乏はいけないよ。人も国も貧乏はだめだ。心まで卑しくなるよ」と野崎も菜穂によく言った。

明治九年に三井物産会社を興した益田孝はその年の暮れ、中外物価新報を創刊した。

すでに世界各国との国交を開いた日本だが、経済活動はひどく幼稚で、利益のほとんどを外国人に独占されていた。

一方、既刊の新聞には経済情報はほとんど載せられてはいなかった。国内の物価が世界の動きや事件によって変動するという簡単なことすら、当時の日本人は知らなかった。

益田はその事を案じて、私財を投じて日本初の経済専門の新聞を作ったのだ。当然のことながら益田の作った新聞は大変な成長をした。

　当初週一度の発刊の新聞が間もなく、週二回となり、やがて日刊となる。そしてのちに日本経済新聞になった。

　慶應義塾を卒業すると同時に、廣太は、三井物産に入社した。益田は野崎の若い力を歓迎し、事業を拡充するたびに野崎に責任ある立場を与えていった。

　野崎が中外物価新報の社長や三越百貨店の社長などを任されたのも、そうした結果だった。

「それと言うのも、床下の石棺のおかげだよ」

と野崎は菜穂にしみじみと言った。野崎はその後その石棺を、先祖の墓石に作り変え、お祀りしたのだった。

「菜穂、お前にも見せるよ。一緒に行こうな。菜穂はきっと気に入るよ」

　と野崎は子どものようにはしゃいで言った。

「ハイハイ、きっとお供させていただきます」

菜穂も約束することがうれしかった。

こうして二人の長い休憩が終わり、ふたたび山道をたどり始めた。早川の流れる音をはるかかなたに聞きながら、細い小道を上へ上へと上がって行った。滲んだ汗は消え、涼しい風が菜穂の頬を過ぎていく。

しばらく行くと道はパッと開け、左手に一軒の古びた百姓家が見えた。縁側にはこの家の主と見える野良着の男がたばこを吸っていた。

「ここだ、ここだ」

と野崎はずんずん木戸をくぐって中に入って行った。菜穂はあわててついて行った。

野崎は縁側の男としばらく小声で話していた。

「えっ！　なんだって！　このぼろ家を買いたいと言いなさるのか

ね」

　と男は頓狂な声を上げた。

「確かに太閤さまは、この家で何回もお休みになられたよ。なにしろ石垣山への道には、うち一軒しかないんでね。しかし旦那さんも物好きな方だねぇ。こんなぼろ家買ってどうしようって言うのかね」

　と男は野崎の申し入れをなかなか本気にはしなかった。

　菜穂はその家を眺めてみた。間口五間、奥行き三間半、中は三室ばかり、後は土間ばかりといったところだった。

　男の話では四百三十年も経っているという。

「本当に旦那さまったら、こんな家をどうする気かしら」

　と菜穂は内心で思っていた。

「よい家だ。まったくよい家だ。どうしてもおれはこの家が欲しい」

　と旦那さまはテコでも動かない。

「もう三百三十年も昔のことさ。おれの好きな太閤さんが小田原攻めにやって来た。すでに天下のほとんどを手中におさめていた太閤秀吉は十五万の大軍を率いて、小田原に攻め込んだ。しかし、北条は思いのほか、手強かった。そう簡単には落ちなかった。太閤さんは少しも焦らない。もう勝負は決まったようなものだ。最後の手段は『一夜城』だった。北条一族が立て籠もる小田原城から見える石垣山の頂上に城を造って脅す。それが太閤さんのやり方だった。石垣山の中では八十日をかけて営々と城造りが行われていた。完成前夜、城の周辺の木々が一気に切り払われたため、小田原城に立て籠もる人々からは一夜にして城が出来たように見えた。それは、『もう、これまで』と城内の人々を諦めさせるのに十分だった。太閤さんはその時、箱根湯本の早雲寺に陣を張り、根府川からこの道を通って城造りの見物に石垣山に上って行った。そのたびにこの家のこの縁先に腰を下ろしたんだ」

　と野崎はこの家に執着する気持ちを述べ立てた。

「家だけじゃない。太閤さんが水を所望したというあの水瓶も買い取りたいんじゃ」

と野崎は土間の流し場の脇の水瓶を指さして言った。

男はあわてて手を振った。

「とんでもない。あの水瓶だけは手放せません。ようがす。家はお売りしましょう。この場所にこれと同じ新しい家を建てていただけるなら、うちとしては願ってもないことです。しかし水瓶はだめです。水瓶はおらとこの家宝ですから」

と男はついに首を縦にしなかった。

「ようし分かった。家だけでいい。水瓶はあきらめた」

と野崎は大声で言って男と契約を結んでしまった。菜穂はこんな古家が町中に運び込まれること自体信じ難いのだった。

しかし、この山歩きの日から一か月もしないうちに、この古家は小田原市内天神山玉伝寺の裏山に移築され、野崎所有の新しい茶席として『安閑草舎』と名付けられ、茶人たちにお目見えしたのだった。

太閤さまの一夜城ではないが、事は秘密裡に運ばれていて、パッとその姿を見せたのだからさすがの数寄者たちも驚いた。

菜穂は天神山に移された田舎家を見て、あの日、旦那さまと歩いた道程を思った。あのクマザサに覆われたあの細い道をこの家は、どうやって通り抜けてこの町中に運ばれたのかと不思議でならなかった。

「旦那さま、どのようにして、あんな高い所からこのお家を運んだのですか？」

と目を丸くして尋ねた。

「ハハハ、菜穂はおかしな事をいう子だねぇ。この家をそのまままるごと運んだと思ったのかい！　ばかだねぇ。分解するんだよ。バラバラにして持って来たのさ」

と旦那さまは心から楽しそうに笑った。

菜穂は旦那さまの実行力というものに目を見張った。
「男はこうでなくちゃ」と旦那さまをいよいよ崇拝するのだった。そんな事が出来てしまう男というものが菜穂には、まぶしく映ったのだった。

安閑草舎が完成すると、野崎は待ちきれないといった感じで、仲間を招いて茶会を開いたのだった。

安閑草舎には広い前庭が配され、柱や梁の一本一本が磨き上げられると、古い家が歴史を秘めたまま生まれ変わった。事、茶道に関しては、どんな努力も惜しまない小田原の茶人仲間たちも、野崎の開いた田舎家茶会には、目を見張ったのだった。

野崎は客が来るたびに、太閤さんの逸話を語り、話は水瓶にまで及んだ。
「この縁側に太閤さんが腰かけて、天下取りをもくろんだのよ」
と野崎は縁側の板をなでながら、うれしそうに語った。

安閑草舎は茶室として使われたばかりではなく、野崎は病気の第二夫人から逃れる場所として活用するようになった。

野崎が連載を始めていた中外物価新報の随筆の題を『安閑叢談』と名づけている。好んでこの家で筆をとったことを自らも書いている。

「それがまことに不思議なのだが、ここに来ると筆を握りたくなる。縁起でもない話だが、首をくくる者が同じ松の木を選び、一つの踏切に何人もの者が飛びこむとき、死神がいるのだと人は言うように、どうやらこの家には、筆神というものがいるらしい」

と洒脱な文章で書いている。

『安閑叢談』は昭和三年から書き始めて、膨大な分量となった。それを昭和六年に一冊にまとめた。後世に残されたその本は『らくがき』と改題されている。

ところで、菜穂はそれからどうしただろうか。

旦那さまからかけられた情けはありがたかったが、それに甘えることは許されなかった。

「自分は奥様づきの女中なのだ。それ以上のことは考えてはいけない」

と自分に言い聞かせていた。

奥様はいよいよ扱いが難しくなった。

今では、ばあやがヒマを取ってしまい、菜穂の手代わりとなる若い娘を野崎は雇い入れた。奥様はその娘のやり方を嫌がり、菜穂を手元に置きたがった。

菜穂が旦那さまの茶事の手伝いをしていることに気づいていて、そのことを無意識に妨害しようとした。

「菜穂なんて、貧乏育ちのただの女中じゃないの。お茶事なんかが分かるはずがない。旦那さまは頭が変になったのよ。菜穂にお茶なんか教えたって駄目なのよ」

と大きな声で奥様は叫んだ。

「菜穂なんていや！　出て行ってよぉ」

と言ったかと思うとすぐに、

「ダメェ、行っちゃぁダメェ」

と泣き叫んだ。そんな奥様をなだめ、落ち着かせて赤ん坊を寝かしつけるように、眠りにつかせた。奥様は無邪気な顔で眠りについた。

ようやく菜穂は自由時間を見つけると、大急ぎで安閑草舎に向かって一目散に駆け出すのだ。手伝いの娘に、奥様の目覚めの後の扱いと昼食の手はずなどを事細かく頼むのを忘れはしなかった。

「旦那さま、菜穂でございます」

と机に向かって書き物をしている野崎の背中に語りかける。その瞬間が菜穂には例えようもない喜びの時なのだ。幅広な野崎の背中をじっと見つめていた。

「なんと温かな背中かしら」

　と菜穂はいつも思う。菜穂はそうやって旦那さまの背中を見ている時間がたまらなく好きだった。

「おう、菜穂が来たな。待ってたんだよ」

　と旦那さまが振り向いてくれる瞬間はもっと好きだった。

「今日はなにをしようか。お茶をたてて、茶杓《ちゃしゃく》を削って、茶碗をこねて、書道も少しはやろうか。今日も一日忙しいぞ。明日からもっと早くおいで！　それよりいっその事、ここに泊まってしまえ」

「旦那さまったら、そんなご無理をおっしゃって」

　と菜穂はひどく困惑するのだけれど、待っていてくださる気持ちがありがたくて、少し涙ぐむのだった。これまでの生涯で菜穂にこんな情けをかけてくれたものは誰ひとりいなかったのだ。親すら菜穂を見捨てたのだ。

　菜穂は旦那さまのそばでお仕えする時、生まれて初めての胸のときめきを感ずるのだった。

「こういう気持ちを恋と呼ぶのだろうか。四十歳も年上のしかも身分のまるで違うご主人さまに、そんなうわついた気持ちを持つなんて、私はどうかしているんだわ」

と自分を責めて、そういう気持ちを胸の奥底に押しこめて、旦那さまの前に座り直した。

「さあて今日はまず、茶杓を削ろうよ」

と旦那さまが言われると菜穂は、旦那さまのお膝に綿ネルの厚い前垂れをかけた。楽しい遊びでも始めるように野崎は茶杓作りを始めるのだった。

『安閑草舎』の静まり返った空間に、シャシャシャシャと野崎の小刀を扱う音が流れて行った。

野崎は手先の器用な人で、後に「幻庵好みの茶杓」と茶人の間で珍重されることになる茶杓が一日にいくつも作られた。

「こんなのが出来たよ。見てご覧！　おもしろいだろう。銘は何とするかな。そうだ。『押し掛け女房』としよう。菜穂、お前のことだよ」と笑いながら竹の茶杓入れに、銘を記した。『万歳万々歳』もそんなふうにして作られたのだった。

野崎が黙々と仕事を始めると、菜穂はそっと土間に立って、昼餉の支度を始めるのだ。

安閑草舎にはその頃、毎日のように地方からの名産が小包で届けられていた。それは野崎が若い頃世話をした人々が今は偉くなって、折に触れては野崎に物を送ってくるのだ。それは小田原の運送会社にも知れ渡り、配達の人とも顔見知りとなってしまうほどだった。

野崎は「うちだけではとても食べきれない」というので「小包茶会」を催して、親しい人々にお裾分けをしたりした。

秋のたけなわであった。岡山から採れたての松茸が届いていた。菜穂はこんぶでしっかりだしをとった汁に、四国から届いた乾麺をゆでて入れ、松茸うどんを作った。

その頃になると、菜穂は旦那さまの好みを完全に理解していて、その日の様子を見ただけで的確に満足のいくものを作ることができた。

「菜穂は賢いんだね。料理のうまい女は賢いのだよ」

と旦那さまはいつも菜穂の作るものを喜んでくれる。それが菜穂にはうれしいのだ。

野崎に言わせれば菜穂のような味付けの妙は、「生まれながらの天才だ」ということで、「滅多にないことだ」という。

「お前さんを育てた人はよほど舌が肥えていたんだろう」

といつも言ってくれるが、菜穂には思い当たらない。

あちこちの女中奉公のみちのりで、いろんな主人に文句を言われながら、身についたささやかな技だった。今はその料理の味が旦那さまのお口にあった。そしてこんなに喜んで下さる。それがうれしかった。

有田焼の大丼になみなみと汁を入れ、ゆで上がったうどんの上に松茸を贅沢に寝かせて供した。

「菜穂の分も持っておいで。いっしょに食べようよ。いっしょの方がうまいよ」

菜穂は小さな丼にうどんを盛って、野崎の側でいただいた。

こんな事は女中が絶対にしてはならないことだった。身分をわきまえず、ご主人様と同席して、同じものを食べるなんて、大変な越権行為であると知りながら、菜穂は野崎のことばに甘える事にした。

それは菜穂にとっても最高に楽しい昼食だった。

野崎は舌鼓を打って、最後の汁まで飲んでくれた。食べ終わってから、野崎は言った。

「わかったよ。お前の料理がうまい訳が」

と。

「この『安閑草舎』と同じなんだよ。見てご覧！　なんにも気取りがないだろう。ありのままの家なんだよ。そこが落ち着くのだよ。お前の料理もそうだよ。松茸の味もうどんの味も昆布の味も上手に生かしていて、みごとなもんだ」

としみじみと野崎は言った。

「人間もそうだよ。人間も気取っちゃいかん。ありのままに生きることだよ」

と野崎は言って、自分で納得しているふうだった。

『安閑草舎』の午後も不思議なふたりの男と女の上を、滑ることなく手堅く過ぎて行った。夕暮れが近づくと、菜穂はおおあわてで、自怡荘に駆け出して行くのだった。

こうして、息急き切って野崎のもとに通う菜穂を見て、まわりの人はひそかにささやいた。

「安閑夫人がまた走っていくようだな」

と。

「それにしても野崎さまも物好きなこった」

「いくらなんでもお菜穂さんじゃひどすぎるぜ」

「あの顔じゃなあ」

菜穂はどんな噂も平気で聞き流すことが出来た。通りすぎる風のように、人々の声を無視して、天神山を目指して駆け出して行った。男と女が色恋でしか結びつかないと信じ切っている人々に、安閑草舎のふたりを理解させることは出来ないのだった。

三、ちんから風炉《ふろ》

すでに第一線から身を引いた野崎廣太は、茶道三昧《ざんまい》に日々を送っていた。蓄えは十分だった。

「お茶ってやつは生意気な奴でな。何もかも分かってないと、お茶にならないんだよ。たとえば書画、たとえば陶芸、たとえば料理、それをみんな分からんと茶道は極められない。厄介と言えば、これほど厄介な物はない。しかし、これほど面白いものもないんだよ」

と野崎は茶道の魅力を毎日毎日、折に触れ時に触れ、菜穂に伝えたのだった。

野崎が茶道具一式、香合、花入れ、茶入れ、水差し、茶碗、風炉などを自らの手で作り始めたのは、鈍翁益田孝の影響が大きかった。

益田は東京御殿山時代からお抱えのやきもの師大野鈍阿を邸内に住まわせ、鈍阿焼きというものを完成させていた。益田はやきもの師ばかりではなく、庭師、塗師、蒔絵師、籠師なども抱えていた。

野崎は『安閑草舎』で泥をこね、茶碗その他の茶道具を形づくり、荷車に乗せて東京の益田邸に向けて発送させた。

「気をつけて行ってくれよ」

益田邸内の大野鈍阿の窯で焼いて貰うのだった。

『ちんから風炉』と野崎が名づけた変わった夏の茶会用の風炉は二つ出来た。

野崎は益田鈍翁の審美眼と茶道に対する情熱を心から尊敬していたが、いつの間にか野崎は益田や山県とは別の野崎独特の茶道観を持つようになっていた。

野崎は菜穂に心の慰めを見つけ出した頃から、出入りの職人や荷物を運んできた運送屋をつかまえて、即席の茶会を開き、茶道の楽しみを広めようとした。自分でこねて大野の窯で焼いてもらった作品が戻ってくると大喜びで端から人に与えた。

　菜穂はハラハラしながら旦那さまの物離れの良さに目を細めるのだった。

『ちんから風炉』が出来た日の野崎の喜びは特別だった。

「いい色に焼けたじゃないか。どうだい！　この見事な丸みを見てくれよ。いい味に仕上がったよ」

　と野崎は来る人、来る人に言った。

「旦那さま、ちんから風炉とは面白い名でございますね。何かいわれでもあるのでしょうか」

　と菜穂はたずねてみた。

「なあに、おれの思いつきさ。このベロが面白いだろう。ここに灰さじと羽を飾るんだよ」

と野崎はその不思議なベロに灰さじと羽をのせて見せてくれた。

菜穂はその時、この風炉そのものがそのまま旦那さまであると思った。

「温かくて、優しくて、面白い旦那さまをそのまま写したような風炉だこと」

とつぶやいた。

その頃の菜穂は縞《しま》のお召しをよく着ていた。それは野崎の勧めによった。

「お前は花柄なんか着てはダメだよ。お前のような知の勝った顔にはやさしい色や柔らかな模様は似合わないよ。縞を着てごらん。きっと似合うよ。よし、今度おれが選んでやろう」

と言って、その時から菜穂の着物は野崎が選んでくれるようになったのだ。野崎の選ぶ縞の着物は、垢抜けていて菜穂の女振りを一段と上げさせた。

「あらお前、どうしたの？　そんなの着ちゃって。いやによい女になっちゃったじゃないの」

　と、床の上の奥様は敏感に菜穂の変わりように気づいて言った。

「菜穂ったらどうしちゃったのよ」

　とケラケラ笑ったかと思うと、

「変よ。そんなのおかしいわ。旦那さまも菜穂なんかに血迷って、どうかしちゃったのね。菜穂は私づきの女中なのよ」

　と奥様はネチネチと嫌味を言った。

　奥様は菜穂の着物の変化の影にあるものを無意識にかぎとっていたのだった。菜穂は病気の奥様を刺激しないために、奥様の前に出るときは決して旦那さまの選んだ着物は着ないように気をつけるようになった。

　奥様の病状はさっぱり好転しないまま、菜穂がお世話を始めてからでも、もう十年近くになるのだ。自分の体ひとつ自由にならない事に焦《じ》れて奥様はいよいよ扱い難くなった。

旦那さまはそんな奥様に近づくことをいやがり、逃げ回っていた。たまに「今日は、奥の顔を見て来るか」と天神山を下って自怡荘に向かうことがあった。

「奥様、旦那さまがお見えになられましたよ。よろしうございましたねぇ」

と女中たちがはしゃいで、騒ぎ立てた。奥様はそれが気に入らない。

「旦那さまが来るのなんか当たり前でしょう。大騒ぎしないでよ」

と機嫌が悪い。旦那さまの顔を見ても、素直にうれしそうな様子も見せない。

折角の旦那さまのおでましも、双方が不快になっただけで終わった。旦那さまの足はまた遠のいて、奥様の寂しさは深まり、苛立《いらだ》ちは菜穂たちにぶつけられていった。

しかし、菜穂はそのことについての愚痴を旦那さまにこぼそうとはしなかった。菜穂は自分が若く健康で、旦那さまに色々な事を教えていただける幸せを思うと夢のようなのだ。

十数年もの間、床の上にいて、病に取り付かれている奥様の不運を思うと、お気の毒でどうしていいか分からなくなるのだった。愚痴を言うなどとんでもない事だった。

「奥様、私は身分というものを心得ております。旦那さまは素晴らしい方です。でもあなた様から旦那さまを奪おうなんて思いもよらぬことでございます。どうぞ御安心なさってくださいませ」

と菜穂はいつもいつも奥様の寝顔にささやき続けた。

そうこうするうちに、その奥様の病状が最悪の状況になっていった。

「もう家で看るのは、限界です。病院にお預け下さい」

と往診に来るたびに、近藤医師が言った。

「もう少し、もう少し」

と入院を一日延ばしにしたのは菜穂だった。

奥様自身が入院を嫌がっていたのを菜穂は分かっていたのだった。出来るものならこのまま家で奥様を看て差し上げたいと考えていた。

しかしそれも難しくなり、昭和六年の暮、奥様は人事不省に陥り近藤病院に運ばれて行った。そしてそのまま奥様はあの世に旅立たれたのだった。

諸白小路の自怡荘に、奥様が変わり果てた姿で戻られたのは、翌昭和七年の正月のことだった。

気落ちして座り込んでしまった旦那さまに代わって、菜穂は陣頭指揮を取り、過不足なく、野崎の家に相応しい葬儀を上げたのだった。

その時初めて、東京に住んでいた亡き本妻の長男が妻子を連れて

やってきた。てきぱきと事を進める菜穂を見て、

「あの女は誰ですか」

と長男は不審げに身近の者にたずねた。後に激しい対立をすることになるふたり、菜穂と健一の出会いであった。

葬儀はごく簡単に済ませ、奥様の遺体は火葬にして、岡山庭瀬の菩提寺に埋葬されることになった。

形ばかりの悔やみをすると、健一はそそくさと東京に帰って行った。もともと小田原の第二夫人と折り合いが悪く、東京に逃げていた健一である。

彼女の病床を見舞うことも一度もなく、彼女の死去にも一片の感傷も示さずに戻って行った。

菜穂は、「人たらし」と呼ばれるほど人に好かれ、下々の人にまで慕われる野崎が、たった一人の血を分けた息子にこれほど疎まれていることに驚いた。

「ほんとに訳が分からないこと」

と菜穂はつぶやいた。

いつも闊達《かったつ》な野崎がすっかり気落ちしてしまい、黙りこくっているのだった。

「旦那さま、岡山に私をお連れ下さるお約束がございましたよね」

菜穂がそう言い出した時、野崎はようやく少し笑った。

「よしよし連れて行くとも。奥の葬儀もあっちでやり直そう。そうだそうだ、国入りの茶会もいたそう。行きたいものは皆ついて来い。皆で行こう、だれか駅に走ってくれ。一等の切符だぞ」

と大きな声で言った。もういつもの野崎だった。

その年の一月の末、野崎は菜穂を筆頭に一族を引き連れて葬儀のための国入りをした。菜穂には生まれて初めての汽車の旅だった。寝台車や食堂車、展望車などに目を見張り、

「旦那さま、大変なものでございますね」

「まあ、旦那さま、あれは何でございます？」

「汽車とは大変なものでございますね」

と菜穂は興奮して、腰も下ろさず、野崎を笑わせていた。

その頃、大勢で一等寝台で長距離旅行をするのは、ひどく贅沢な事だった。

「私など、一生かかってもこんな大名旅行出来やしません。旦那さまのおかげです。本当にありがいことです」

と菜穂は何回も何回も言った。

「分かった分かった。もう何も言うな。それより旅行を楽しみなさい」

と野崎は笑った。

岡山庭瀬の国清寺では、寺を上げての大歓迎をしてくれた。

一方、野崎の生家はすでに住む者もなく、空き家になっていたが、野崎は定期的に風を入れてもらうよう依頼していたので、少しも痛まずすぐに宿泊が可能であった。国清寺での挨拶が済むと、一行は野崎家で旅装を解いた。

野崎の趣味で整えられた室内は馴染みのあるものだった。小田原の連中はすぐに馴染むことができた。

「庭瀬はいいぞぉ。笹ヶ瀬川が大地を潤して児島湾へと流れていくんだ。小田原もたしかにいいよ。庭瀬はもっといいんだ」

と菜穂は何回も聞かされていた。実際に来てみると野崎の言った意味がよく分かった。大好きな旦那さまをはぐくみ、育てた肥沃な平野の広大さに目を見張った。

「まるで別の世界に来てしまったようだこと」

菜穂は呆然とたたずんでいた。どのくらいそうしていただろうか。

ハッと気づいて、菜穂は野崎の生家の台所に走った。あわててお茶の支度をして、旦那さまの居室に運んだ。

「バカだなあ、菜穂は……。お前さんは庭瀬ではお客さんだよ。お前ばかりじゃない。みんな小田原からのお客様だよ」

と言って野崎は、茶釜の湯で抹茶をたてて、みんなに振る舞って下さるのだった。

「庭瀬も小田原同様、海が近いから魚がうまいんだぞ」

この日から、菜穂たちは二ヵ月もの間、庭瀬に滞在した。その間、奥様のご葬儀を済ませ、何回もの茶会を開いた。

野崎は国清寺の住職とは年代が近いこと、ともに茶道を生涯の友としていたことなどから息が合っていた。

菜穂はこの時の葬儀、茶会のことをいつまでも忘れられなかった。それは小田原での政界財界の雄たちとの茶会とはまったく違った心に沁みるものだった。まるで幼友達が集まって、昔のままごとをなぞっているような、懐かしく楽しい茶会だった。

「この観音様を見てごらん！」

とある日、野崎は言った。

寺には、だいぶ時代がかった張り子の観音様がいかにも大切そうにまつられていた。菜穂はその時、野崎から面白い話を聞かされた。

「別名、忠臣蔵観音ともいうのだよ」

と野崎は言った。

赤穂城の国家老であった大石蔵之介良雄は、実は岡山の人であったそうだ。

生みのお母さんは庭瀬の人だった。討ち入りを前にしても良雄は真実は語れない。さりげない手紙を実母にあてて送った。

いつになく長い思いのこもった手紙は老いた母の心に届いたのだった。母はすべてを悟った。

まもなく討ち入りの知らせは岡山にも伝わった。

母は、息子を失った悲しみと大事を成し遂げた満足とで、胸をいっぱいにして寺に走った。良雄の手紙を張り子にして観音を作り供養したのだという。

菜穂はすでに三十歳に届こうとして、いまだに人の妻にもなれず母にもなれないでいるが、良雄の母の気持ちはよく分かった。観音様の優しいお顔を見ていると、子を失った母の切なさが伝わってくるのだった。

住職の配慮により、観音茶会も催された。野崎は小田原から持ってきた沢山の茶道具を集まった人々に惜しみなく与えた。茶杓、茶碗、香合などすべて野崎の手作りで、それらには幻庵の銘が入っていた。故郷の地に自分のあしあとを残そうとするかのような、野崎のふるまいだった。

男点前の多い庭瀬での茶会の裏方も菜穂は無事にこなしていた。庭瀬での日々にも慣れたある夕方、野崎は菜穂を散歩に誘った。野崎の足はひとりでに国清寺の裏山の墓地に向かった。すでに奥様の葬儀の折りに何回となく足を運んでいた所だ。

「菜穂、この墓を見てご覧！　すこし妙な形をしてるだろう。これが金貨をつめていた石棺なのだよ。今日のおれをこしらえたのはこの金貨の力なんだよ」

と野崎はその不思議な墓石をなでながら言った。

菜穂はすでにそのことを理解していた。つまりその墓こそが、以前石垣山での道すがら、野崎が話してくれた石の瓶《かめ》に違いないと想像していたのだった。

「墓に来ると、なんだか心が休まるね。いずれ自分が入るところだから当然だね」

と野崎は笑った。

「たった一つ残念なのは、お前さんといっしょにここに入れないことだよ」

と今度は少し声を落として野崎は言った。

とっさに菜穂は野崎の言うことが分からなかった。

第二夫人を亡くした今、野崎は女中頭の菜穂を新しい妻に迎えるのはいとも簡単な事だった。

菜穂は喜んで来てくれるだろう。彼女がイヤとは言わないことには自信もあった。それでも野崎は自分の年齢を考えない訳にはいかなかった。

野崎はこの年、七十四歳であった。それに比して菜穂はまだ三十歳だ。今まで手元に引き止めてしまったが、菜穂にはそろそろ新しい人生を歩かせなくてはならないのだ。菜穂の一生を自分が縛りつける訳にはいかないのだ。

「菜穂、お前は今ではおれにとってなくてはならない人なんだよ。しかし、こんなジイさんにいつまでもくっついてちゃダメなんだよ。まだ遅くはないよ。いい人をみつけてヨメに行け。長い間よく尽くしてくれたよ。お前が困らないようにちゃんとしてやるよ。この旅から帰ったらお前とおれはべつべつの道を歩き出そうな」

と野崎は自分に語り聞かせるように言った。

菜穂はそんな言葉を聞きながら、もう溢れ出る涙でどうすることもできなかった。別れ話はどんな時もやるせないものだ。

「菜穂、泣くな！　お前とはどう考えてもひとつの墓には入れないが、おれの気持は誰よりもお前が一番分かってくれた。おれの死後はお前が心を受け継いでくれると思っているよ。お茶の心もお前が一番理解したじゃないか。それでいいんだよ。この世は別れがつきものさ」

と野崎は言った。

菜穂は考えていた。旦那さまが自分のような者を妻に迎えるなどということはあり得ない。そんなことは望むべくもない。

しかし、今、旦那さまに見放されたらどうすればいいのだろう。激しい絶望が菜穂を捕らえていた。ふたりはいつか笹ヶ瀬川の川原に出て、春先の草原に座っていた。

「旦那さま、私がお側にいては邪魔でございますか？」

と思いきって菜穂はたずねた。

「邪魔？　とんでもない。おれはいつまでもお前にいて欲しいのだよ。しかしそれではお前の先行きが案じられるのだよ。分かるだろう」

と野崎は言った。

「それでしたら、私おそばにおいていただきます。旦那さまは私が人並みにお嫁に行くのが私の幸せとお考え下さるようですが、それは違います。私は生みの親にさえ邪魔にされ、要らない子どもと言われて育ちました。誰からも心配もされず守ってももらえず、自分ひとりで気を張って生きて来ました。そんな惨めな私に旦那さまは可哀想だと言って下さいました。新しい名前を付けて下さって、茶道を教えて下さった。私はやっと気にかけて下さるお方を見つけたのです。旦那さまのおそばにおいていただける以上の幸福がどこにございましょう。今のままで十分なのです。私を追い出したりしないで下さいませ」

と菜穂は涙ながらにお願いした。

長い時間が二人の上を流れた。ようやく野崎は頷いた。

「これからどれくらい生きられるか分からないが、菜穂が側にいてくれるならこんなにうれしいことはないのだよ」

四十歳も年下の若い女を自分のわがままで、手元に縛りつけることに強い阿責を感じながら、野崎は頷かずにはいられなかった。

「よろしいのですか？　おそばにおいていただけるのですね」

菜穂は喜んだ。「ワーイワーイ」と叫びだしたいほどうれしかった。

それにひきかえ野崎は複雑な表情で、

「知らねえぞぉ」

とうめいていた。長い人生の果てに、菜穂との出会いがあって、もう一度ときめきながら生きられる。

「おれは果報者だよ」

野崎は言った。笹ヶ瀬川はそんなふたりの脇をとうとうと流れていた。

三月の初めのことだった。庭瀬でくつろぐ野崎のもとに「団琢磨氏射殺される」の報が飛びこんだ。

先月初め民政党の井上準之助も暴漢に撃たれて死去している。元老、重臣、政界、財界の巨頭を一人一殺主義で暗殺するという恐ろしい計画の一環として、団琢磨の暗殺も実行された。

野崎はその知らせを受けてまず益田孝の身を案じた。団は益田が三井を退いた後、益田に見込まれて迎えられた人物だった。その団が三井銀行本店前で、血盟団員と名乗る一青年によって暗殺されたというのだ。

「菜穂、こうしてはいられないよ。帰り支度だ」

と野崎はソワソワと立ち上がった。しかし、駆けつけてきた国清寺の住職は、

「いま帰るのは危ない。あんただって狙われる。しばらく庭瀬にとどまったらどうか」

と言った。

野崎は「いやな世の中になってしまったものだ。一体どこで道を誤ってしまったのだろう」と力なく首を垂れるのだった。

昭和二年に起こった世界大恐慌の波はすぐに日本にも及び、不景気風は吹き荒れていた。

一方、中国大陸での紛争の火種は軍部の野望を駆り立てていた。都会の中小企業の倒産は三井、三菱などの一部財閥を太らす結果となった。国民の失業率は増える一方であったし、農村の貧困は飢饉や一家心中、娘の身売りを当然の事とした。

行き場のない苦しみは、人々をトップの暗殺という最悪の行動に走らせていた。

「それで事態がよくなるとでも言うのか。そんなバカな事があるか」

と野崎は声も出なかった。

その頃同じように「そんなバカな」とうめいていた男がいた。益田孝だった。

「貧乏はいかん。日本中が豊かにならなければならん」

と言って彼らは、日本が列強に肩を並べられるようにと努力してきたのだった。その結果として自分たちの生活も潤い、戦国時代の武将たちを真似て茶道に血道を上げたりした。それが人々を刺激したというのだ。

のちに判明したところによれば、暗殺者たちを指揮した井上某というリーダーは、

「日本を誤らせ国民を苦しめているのは財閥、政党、特権階級である。その巨頭を一人一殺せよ。革命なのだ」

と若者たちを操ったというのだ。

その後、暗殺は流行のようにひろまり最悪の事態となった。名の

通った政財界人は、防弾チョッキをつけずに歩くことは難しいという時代になってしまった。

野崎は国清寺の住職の忠告に従い、しばらく故郷に留まっていたが、

「いつまで逃げていても仕方あるまい」

と腰を上げ、野崎ら一行は小田原への帰路についた。

菜穂たちは旦那さまの身を守らねばと、固い決意で上りの列車に乗りこんだ。思いなしか世の中すべてが変わってしまったような不安に駆られながら、菜穂は体を固くして汽車に揺られていた。

「大丈夫さ。おれみたいな小物を狙う奴なんかいやしないよ。おれはただのじじいだよ」

と野崎は緊張している菜穂を笑った。

「それよりおれの心配は毅だよ」

と、野崎は同じ岡山出身の犬養毅が総理大臣をしていることを気

にしていた。国清寺の住職も犬養の身を案じていた。

「帰ったら、犬養にくれぐれも気をつけろと伝えてくれ」

と住職は言った。

「分かった。かならず伝える」

と野崎は言って岡山を発って来た。

「毅ちゃん」「兵ちゃん（野崎の幼名）」と呼び合い共に故郷を後にした仲間だった。

小田原に戻って間もない時だ。野崎の家の電話が鳴った。

五月十五日、「本日午後五時半、犬養首相撃たれる」の報だった。

「まさか」

と野崎は言ったきりだった。

「こうしてはいられない。車だ。車の用意をしてくれ」

「何、おとも？　菜穂だけでいいよ」

と、言ってあわただしく出発した。

「もとはと言えば、おれのせいなのだ。おれが井上馨閣下の意向を受けて、大隈内閣に入れと毅に言いに行ったんだ。それが毅の政界入りだったんだ。まさかこんな事になろうとは」

と野崎は嘆き続けた。菜穂は何と言って慰めればいいのか、ことばが見つからなかった。黙って旦那さまの手を握るしか、菜穂にはして差し上げることがなかった。

のちに五・一五事件と呼ばれる集団テロは犬養首相の死去をはじめとし警備の巡査二人の重傷を招いた。野崎らが病院に着いた時、すでに犬養の命はなかった。

ふたたび車中にもどり車を小田原に進めた時、夜の町は騒然として戒厳令がしかれていた。犬養首相を襲ったのは海軍青年将校たち三十人で、「政党政治を否定し、新しい国家をつくるのだ」といきり立ちその夜、警視庁や三菱銀行、政友会本部などを襲ったのだった。

野崎らの車も何回か警察官に制止された。

「小田原の野崎だ。犬養を見舞いに行ったのだ」

と野崎が怒ったように言うと、

「失礼いたしました。お気をつけて」

と警察官は敬礼した。

「ここはどの辺でございましょうか」

菜穂は運転手にたずねた。

「前川あたりです」

とのことだった。酒匂川を渡れば小田原はすぐだった。夜の暗さが車窓に写り、不安と悲しみが車内に襲いかかっていた。

「時代が変わろうとしているのだよ。悪くなって行くんだよ。大きな力でね。おれたちの時代は終わったよ。明日からは茶杓でも削って静かに暮らそうか」

野崎は呟いていた。

四、引きさき椎茸

「こうして作ってみても、いくつ残るのかねぇ」

と野崎は土のついた手を夕焼けの空にかざして言った。

「菜穂、お前が持っていておくれ」

と言っては作品の箱書きの折には、『菜穂の為に』『菜穂につかわす』『菜穂女に』『菜穂に参る』と菜穂の名を記した。

ほかに『撫子《なでしこ》の花』というのもあった。

「お前は撫子そのものだよ」

と野崎は口癖のように言った。菜穂は面映ゆかった。面白い顔だと指さされた自分が、撫子にたとえられるなんて、不思議でならな

かった。野崎は、

「撫子は可憐でしかも芯が強いのだよ。お前と同じだろう」

犬養首相の葬儀の後は、野崎はそれまで会社に残されていた相談役や監査役などの役職をいっさい退いた。

「これからは茶碗屋のじいさんだよ」

と宣言した。

東京赤坂の本宅も長男一家が暮らせる規模に縮小して、広大な敷地を整理した。そこに植えられていた桧《ひのき》や欅《けやき》が材木になって小田原に運び込まれた。

ちょうど北原白秋が住んでいた伝肇寺《でんじょうじ》の裏山、「みみづくの家」のあった土地三百坪が売りに出されていた。そこは益田邸や山県邸にも近く相模湾を見下ろす高台であった。

「菜穂、ここに新居をつくろうよ。こう見えてもおれたちは新婚だからな」

と言って、その土地を買い求め、東京から運んだ材木で新しい家を建てた。

三十坪ほどの小ぶりな平屋だが、南傾斜地に太い材木を立てて、広い縁側をささえる趣向は、京都の清水寺の舞台を想起させるもので、贅《ぜい》を尽くした作りだった。

月見や雪見の茶会が催されると、その広縁は格別異彩を放ち、野崎の新しい自慢の材料になった。

その新しい家の名を野崎は『安閑山房』と呼んだ。

石垣山から移築した太閤ゆかりの家は『安閑草舎』であったので紛らわしいのだけれど、野崎はこの「安閑」の二文字がとにかく気に入っていた。

「この世は安閑と生きるべし」

とつねづね言い暮らした。

もう二十年も前の事だが、益田孝が還暦を迎えた時、野崎は小堀遠州筆の「安閑」の二字幅を贈ったことがあった。野崎の新居がなると、益田は「安閑」の二文字の濡れ額を彫らせて持参した。新しい山房の玄関にその額がかかげられた。

新しい家は玄関を上がると左手に六畳の茶室があり、廊下の奥に八畳間と続き部屋の八畳間があった。手前の部屋が野崎の部屋で、続き部屋は菜穂のためのものだった。

菜穂はその続き部屋で起居して、野崎のご用に備えるのだが、生まれて初めて自分の部屋を与えられた喜びに震えていた。

「なあにおれの世話をしやすいためだよ。こっちの勝手なんだよ」

と野崎は言うが、菜穂の部屋は小さな違い棚と茶かけのかかる床の間までついていた。

それは大家の奥様が与えられる規模の部屋であった。

「もったいないことでございます」

と菜穂は涙ぐんだ。

夕食のあとなど、ふとんに横たわる旦那さまのお足をもみ、お話のお相手をした。

夜の長さは年を取った野崎には耐え難いものであった。それを救ってくれる菜穂の柔らかな若い心がありがたかった。

「おれほどの果報者は滅多にいるものじゃない」

と野崎は言って、子どもの頃の話をした。義母に疎外されて、ひとりぼっちで夕星を見ていた時の寂しさを野崎は菜穂に訴えた。

そんな時、菜穂は四十歳も年長の野崎の母親になったような気持ちになって野崎の話を聞くのだった。

新しい『安閑山房』での暮らしは隠遁《いんとん》の野崎とお供の菜穂に平安な日々をもたらしていた。

しかし、昭和九年春はまた悲しい事件が伝えられた。

藤沢に住んでいた鐘紡社長の武藤山治が狙撃され、翌日死去したという知らせだった。

駅までの畑中の道を歩いていた武藤を若き暴漢はいきなり撃ったのだ。

すでに社長職を退き、野崎らとともに茶道三昧《ざんまい》の日々を送り始めていた武藤の「番町会」への筆誅《ひっちゅう》が恨みの元になったと言われる。

「それにしたって武藤を殺してなんになるんだ」

と野崎はうめいた。野崎の身辺は急に冬日が差し始めたように寒々と木枯らしの声を聞くようになっていた。

武藤の三回忌が済む頃、世に言う二・二六事件が起こり、陸軍青年将校らの手で首相官邸、警視庁などが襲われた。クーデターの挙行は軍部の力を増大させ、政党政治は姿を消していった。二・二六事件の翌年、日中戦争は本格化していった。

「もはや、疑うべくもない。日本は坂道を転がり始めたぞ」

と野崎は新聞を読むたびに嘆いた。益田と会えば共にこの世の変わりようを嘆き合った。

「おれたちが命をかけてきたものは、どこへ行ってしまったのか。福沢先生の説かれた新しい世はどうなってしまったのか」

と二人は悲しみ、「茶道だけだよ。それとお前だけだ」と互いに言い合った。

一昨年も去年も今年も一昨日も
　昨日も今日も茶に暮しけり
　　　　　　　　　　　　　益田鈍翁

益田も野崎もともに長寿を保ち、その余生を茶道に打ちこむことになった。二人の若い日々の活躍に比べれば、いささか寂しいものだったが、茶道界にとっては貴重な結果となった。

二人の茶人によってすぐれた茶器のコレクション『茶道漫録』十六巻の完成、数々の茶道具の作製などが残された。

そして、不本意に見える野崎の最晩年だったが、菜穂にとっては彼女の生涯の中でもっとも満ち足りた十年間になった。

十年前、お給金がいただけるという条件にひかれて、野崎家の女中になった菜穂である。奥様のお世話もやり通し、望まれて今度はご主人のお世話をさせていただく身分になった。

菜穂の立場は、女中の限界をはみ出し、大きな権限を持つようになり、出入りの者は菜穂の意向を重視するようになっていた。

密かに「安閑夫人」と人が呼ぶようになって久しいのだった。

菜穂の貯金もぐんぐん増えた。青物町《あおもんちょう》の母親や紙漉きの叔父にも存分な親孝行ができた。古い因習に負けて、自分を捨てようとした母だったが、自分を殺さず生かしてくれた恩義に対してだけは報いたかった。

その上、旦那さまは神経の行き届く方で、珍しいものが手に入ると、

「青物町へ持って行きなさい」

「叔父さんの所にひとっ走り届けておいで」

と男衆を走らせるのだった。その度に菜穂の母親は、

「冷たくした娘に思いがけず、こんなにしてもらって」

と男衆に向かって手を合わせるのだそうだ。

野崎は自身も、意地悪をされた義母に親孝行をした経験があった。

「恨みを恨みで返してはならない」

と野崎は菜穂に言って聞かせた。

「許すのだよ。許せる者はそれだけ人間が大きくなるのさ。恨みは忘れるのだよ。受けた悲しさは忘れられはしないさ。しかし、恨みは忘れられるよ」

と野崎は言った。だから菜穂はみんな水に流すことにした。

「どうだい！　いい気持ちだろう」

と野崎は笑った。

「本当に、旦那さまのおっしゃる通りです」

と菜穂も笑った。

長年の胸のつかえが消えたような気がした。菜穂にはすべてが幸いだった。

益田鈍翁、電力王と謳われた松永耳庵、そして野崎幻庵をのちの世の人は小田原の三茶人と呼んだが、「幻庵会」というものは少しばかりその性格を異にしていた。

野崎の催す幻庵会は、正月の初釜から始まって、そら梅が咲いた。そら雪が降った。赤ちゃんが生まれた。水仙が咲いた。雛祭りだ。桜だ。彼岸だ。節句だ。入梅だ。長雨だ。酷暑の朝茶だ。夜噺の茶会。相模湾のイカつり船を遠く眺めながらの茶会。月見茶会。岡山からの到来品が届いての茶会、と年がら年中開かれた。

お客様もどなたでも大歓迎だった。小田原の町の人々が招かれた。箱根塔之沢の旅館福住楼の当主、沢村夫妻は幻庵会の常連だった。ある日、沢村夫妻が可憐な若い女性を茶会に伴った。

「こんど家に参りました嫁でございます」

と沢村夫人は言った。六月の葉雨の茶会であった。うっとうしい梅雨を忘れるための茶会が始まろうとしていた。

菜穂の采配で懐石料理が運ばれてきた。見事な料理であった。

「これは菜穂の得意料理のひとつ、ゴボウのしら和えです」

「これは鯵の酢の物でやはり菜穂が作りました」

と野崎は菜穂の名を連発した。塔之沢福住楼の若嫁はこの日、「菜穂」の名をイヤというほど聞かされ、胸に刻んだのだった。

茶会が済んだ後はいつものように、お楽しみの福引きになった。景品は幻庵作の茶道具がふんだんに出された。野崎は結婚の祝いとして、福住楼の若嫁に特別に、茶入れ（銘は『蓬莱』）、茶杓（銘は『千代の松』）、黒茶碗（銘は『双鶴』）を進呈した。どれもお目出たい銘のものばかりだった。

野崎から見ると孫娘ほどの若いお嫁さんが、頬を染めてお祝い品を喜ぶ様子を楽しそうに眺めていた。

そんな事のあった夜は、菜穂に足を揉ませながら、野崎は茶会の話をくり返し語り、眠るのを忘れてしまうのだった。思いあまって、菜穂の体を抱きしめることもあった。

八十歳の愛は、しかしそれ以上に及ぶことはなかった。抱きしめられれば、菜穂は野崎の腕の中で、じっと泣いた。女の喜びに泣いた。

野崎の愛がそこまでであることを菜穂は知っていた。それで十分であった。長い抱擁のあとで、菜穂は静かに体を放し、小さく呟くのだった。

「旦那さま、菜穂は誰よりも幸せ者でございます」

と。そして隣室に引き揚げ、自分の床を延べるのだった。

「菜穂、一緒に添い寝をしてくれよぅ」

とせがまれる事もあったが、夜更けに旦那さまが寝つけば自室に引きあげるのだった。

「御用がおありでしたら、鈴をお振り下さいませね」

と野崎の寝顔にささやいた。

旦那さまの安らかな寝息を聞きながら、菜穂は火照る体を持てあまして、眠れない。この世はなんと残酷な所だろうか。誰に教えられた訳でもないのに、菜穂は男女の秘め事に目覚めていた。三十歳の熟した女の体がひっそり燃えて、菜穂を苦しめていた。

そんな時、昼間出会った福住楼の若い嫁のことが想い出され、とりとめもなく彼女の可憐さに嫉妬《しっと》していた。

「あのお方が悪い訳でもないのに、バカなことを……」

と菜穂はふとんの中で、一人苦笑した。長い夜が更けて行った。

昭和十三年初秋に、益田鈍翁が催した松花堂追悼茶会ほど大規模なものはほかに類を見ないと後世に語り継がれた。

それは鈍翁の生涯のコレクションが駆使され、何日間にも及ぶ大茶会となった。招かれた客人も松永耳庵、野崎幻庵、原三渓、森川如春庵らが招かれ、あらゆる点において鈍翁の集大成と言える茶会であった。

日本全体を見ればこの年、国家総動員法が発動され、近衛首相は東亜新秩序建設を声明するなど、ひたすら戦争への道を歩み始めていた。時代的に見ても、大規模な茶会開催も鈍翁のこの会が最後のものとなった。

鈍翁自身もそれを見越したように、茶会が終わると風邪をひき、数日伏せったばかりで八十八歳の命を終わった。

「空より出でて空に還る」

と大声で唱えて逝去した。

鈍翁の死は激しく走り続けた彼の人生そのままに、雄大であった。その鈍翁を兄と慕って、仕事も趣味もともに続けてきた野崎にとって、彼の死去は辛かった。

鈍翁は晩年、益田邸内に持仏堂を作り、すでに物故した事業の戦友たちの位牌を納めていた。自身の位牌も納めるように指示していった。

「幻庵、君も入ってくれるね」

「これはありがたい。あの世でも御一緒させていただけるのですか」

と野崎は喜んだ。

「菜穂、おれが死んだら、位牌はふたつ作ってくれ。ひとつは庭瀬の国清寺に、ひとつは小田原の益田邸の持仏堂においておくれ」

と野崎は、鈍翁の位牌が持仏堂に納められた時に言った。

あわせて野崎は遺言めいたことを口にするようになった。

「なあに死に支度だよ」

と言い、菜穂の将来についても事細かに心配をしてくれるのだった。

「どうかそんな事はおっしゃらないでくださいませ」

と菜穂は耳をふさいで、懇願した。

「仕方ないよ。死なない者はいない。お前を残しておれも旅立たなくてはならないのだよ」

と野崎は真正面から菜穂を見つめて言うのだった。

「お前が可愛いからと言って、こんなに長く引き止めたおれは悪い奴だよ」

としみじみと言った。

「しかし、安心しなさい。お前が一生困らないだけの物は残してやるからな」

とも言った。とくに、

「安閑山房は菜穂のものだよ。そのようにちゃんと書き残した。あの棚の中に入っているから、安心していていいのだよ。この家でお茶の先生でもしながら暮せばいいよ」

と安閑山房のことになると、野崎はむきになって、

「誰が何と言っても、お前のものだよ。手放してはいけないよ」

と何かにつけて、言い暮した。

健康体で元気そのものであった野崎が、夜の発作に悩まされるようになったのは昭和十五年の晩秋からだった。

野崎の患いは心臓だった。

一旦ふとんに入って一時間ほど眠ると苦しみが訪れる。七転八倒の痛みをいかんともしがたいのだった。

菜穂は薬を飲ませたり、医院まで走り往診を依頼したりと、なんとか旦那さまの発作を治め、楽にしてあげたいと駆けずり回るのだった。

野崎の発作は次第に間隔が狭まり、菜穂は眠る暇のないような毎夜が過ぎて行った。

その年の冬はとりわけ寒く、野崎の体に高台の安閑山房は毒であるとの医師の忠告によって、海に近い諸白小路の自怡荘に移ることになった。

発作のない安らかな午後には、菜穂の手を借りながら茶杓削りや書、陶芸などを楽しんだ。

菜穂は昔、野崎に教えられたように、野崎のために墨をすった。

「墨は男を知らない生娘がするのが一番よいのだよ」

と昔十九の菜穂に野崎は言ったものだ。あれから二十年、菜穂はもはや若い娘ではないが、悲しいことに男を知らない。

「これから辞世を書くから、菜穂は持っていてくれるね」

と言いながら、野崎はするすると文字を書き始めた。

もう　これまで
引きさき　しいたけも
珍味　珍汁なり　呵々大笑

と野崎は書いた。

「これが辞世の書でございますか？」

と菜穂は驚いて尋ねた。益田鈍翁のあの雄大な辞世とはあまりに違っていたからだ。

「旦那さまのは、すこしふざけて居られるのではないかしら」

と菜穂は気になった。

「うまいものを食って面白いことをして、ずんぶんに楽しんだよ。菜穂、お前さんのお蔭だよ。岡山の椎茸のうまさを味わったおれの一生は万々歳だよ」

とその時、野崎は辞世の説明をしてくれたのだった。菜穂はやっと頷き、心からこの言葉が好きになった。

「旦那さま、私にも引きさき椎茸を書いて下さいませ」

とある日、菜穂はお願いしたことがあった。

「辞世はいくつも書くもんじゃないんだよ」

と野崎は笑った。

菜穂はこの書をもらうのは、血のつながったご子息であろう事は予測できたので、ひそかに自分のノートに書き留めた。辞世の句とはなんとその人を巧みに表すものかと菜穂はその句を見る度に思った。

「まるで旦那さまそのもののようだ」

と思うのだった。

辞世の句を書いてしまうと、野崎は発作も起こさぬようになり、体調も安定して、小さな茶会も楽しめるようになった。それが菜穂にはうれしくて、いそいそと懐石料理の支度などに走り回った。

だが、すでに戦時体制となった世の中では、かつてのような贅沢な食材集めは難しくなっていた。「ぜいたくは敵だ」と号令をかけられ、価格等統制令はやがて配給制となっていった。

「最悪な時代になったたな」

とこの時野崎はなげいたが、後から見ればそれはほんの序の口だった。

菜穂は浜辺に走って、漁師の手から魚を買い求めるなどして、料理を整えた。

茶会はいつも心の弾むものだったが、そんな贅沢は許されないものとなるのは時間の問題だった。ひとときの喜びの日々が去ると、野崎の本格的な発作がやって来た。

昭和十六年十二月二日の朝だった。突然の激しい心筋梗塞によって、あっと言う間に、野崎は逝ってしまった。

あっけない別れであった。

菜穂は泣くことも忘れて野崎の側に座っていた。東京からご子息が家族でやってくると、もう野崎の遺体からも遠ざけられ、菜穂は使用人の一人に成り下がったのだった。

「安閑山房はお前のものだよ。お前の先行きの心配はないようにしてあるよ」

と野崎はあんなに言ってくれたが、東京のご子息と弁護士はすべてを反故《ほご》にしてしまった。

菜穂は「礼金」と称する少しばかりのお金と野崎の生前に与えられた茶道具や書だけを手に、その月の末には実家に戻った。

野崎が死んで、六日目、日本は太平洋戦争に突入して行った。

「旦那さまはよい時に、お亡くなりになられましたよ。菜穂もお連れいただきたかった！」

と何度菜穂は思ったことか。

なにもかもが夢のように消えてしまった。

五、菜穂女につかわす

小田原の市立病院の窓に夕日が影を映した。

「何もかもが夢でした。あの日まで旦那さまとの毎日も、それからの五十年余の日々も」

と川島菜穂は大きなため息をついた。

「あれからどうやって生きて来たのかとお尋ねになるのですか」

と菜穂はいかにもその後の五十年については話したくないという風であった。

「時代も悪かったのですよ」

と前置きして安閑山房が売りに出され、自怡荘も人手に渡り、太闇ゆかりの安閑草舎は朽ち果てたと、話した。

「旦那さまのご遺言があったはずですが」

と菜穂は何回もご子息に訴えたが、

「そんなものはなかった」

の一点張りでどうすることもできなかった。

それぱかりか野崎があんなに大切にしていた手作りの茶道具類さえ古道具屋に売り払われようとしていた。

「菜穂、お前がもっていておくれよ。お前だけ分かってくれれば、それでいいんだ」

と野崎はよく言っていた。

「旦那さま、菜穂にはどうにもなりません。お許し下さい」

と深く頭を垂れて仏前に詫び、実家に下がったのだった。

幸い、実家では年老いた母が一人で暮していた。母は菜穂が届ける毎月の給金を大切に貯めておいてくれた。女二人が細々と暮していくには、十分だった。戦争さえなければ、菜穂は母と二人、町の片隅で野崎の思い出を懐かしみながら、静かな日々が送れたのかもしれない。

当初、連勝していた日本側がやがて負けいくさとなり泥沼化していった。菜穂たちの暮らしもおびやかされていった。

菜穂がその後、野崎幻庵のことで、手を出すことができたのは、たった一つ、納骨のための岡山行きだけだった。

国清寺の住職は野崎の死を嘆き、共に泣いてくれた。

「ようやく、旦那さまの本当のご供養ができ、うれしいことです」

と菜穂は言い、住職にもうひとつのお願いをその時した。ご住職に野崎の戒名「幽玄院自證幻庵居士」を位牌に書いてもらったのだ。野崎との約束であった益田邸内の持仏堂に、位牌を納めたいと考えたのだ。

昭和十七年七月十五日、野崎の新盆の茶会を営んだ後、その位牌を持仏堂に納めた。

　こうして、旦那さまの法要が一つひとつ終わる度に、菜穂は寂しさを増していった。一周忌、三回忌、七回忌と亡き旦那さまの年を数えるように菜穂は生きた。夫を亡くした妻のように、そうやって夫を偲ぶことだけを生きがいとした。

　戦争が苛烈になると、菜穂の催す法要茶会もままならなくなっていた。それどころか菜穂の暮らしそのものまで危なくなっていた。

　その頃、菜穂は四十代の女ざかりだった。再婚の話を持って来る者もあったが、菜穂は聞く耳を持たぬといったふうで、全く意思がなかった。

　終戦の年、菜穂は母を失った。

「母には、親孝行ができてよかった」

　とつぶやきながら、母親の遺体を火葬にして埋葬したが、もう葬儀を行うこともできなくなっていた。

こうして菜穂はひとりきりになった。

戦争は菜穂の持っていたすべてのものを奪ってしまった。貨幣価値の変動は利息生活者の菜穂には厳しいものとなった。

その上、女中の口などどこを探しても見つからない。菜穂は農家の雇われ人となって、暮らしを立ててきた。

「長い五十年でした」

と菜穂は述懐した。

「とんでもない時になって、私は旦那さまの残されたものに出合ったのですよ」

と菜穂は言う。

「まず葉雨庵でした。昭和六十一年の三月のことです。突然、小田原の市長さまから私にお電話があったのですよ。この度、自怡荘の持ち主の方からの申し出で葉雨庵を市に寄贈されたというのです。市では先年、松永耳庵の旧宅が寄贈され記念館として整備し、葉雨庵はその庭の一角に移築されたというお知らせでした。野崎幻庵ゆかりの者として、私がお呼びいただいたのです」

と菜穂はその時の喜びを頬を染めて語るのだった。

「それは懐かしうございました。言葉にもなりません。私ね、葉雨庵の中に入りましたら、ただもう涙が溢れてしまって、『旦那さま、旦那さま』と胸の中でささやきながら、お床の柱をなでたんですよ」

と菜穂は野崎が生き返ったように言う。菜穂が言うように、葉雨庵は昔と全く変わらぬ姿で戻って来たのだった。

菜穂はこの茶室で野崎の手ほどきを受け、茶道の心得を教えられた。

「側にいれば、好きなるよ」

と野崎は最初に菜穂に言った。菜穂はその通りになった。茶道も旦那さまも好きになった。そんな昔が思い出された。

「そんな矢先ですよ。今度は、箱根塔之沢の福住楼から連絡がございました。奥様がどうしても私に聞きたいことがあるので、車を差し向けるから、来てほしいと言うのです。あの時、そうです。もう五十年も前、新婚のお嫁さんだった、あの奥様でした。私、またうれしくなって、お迎えの車に乗りました」

と菜穂はまた頬笑んだ。

「塔之沢の福住楼さまで、私はまた旦那さまに出会ったのです。その日、それは五月の若葉が光る頃でしたよ。奥様は私のために茶会の用意をして待っていて下さったのです。あの可憐だった奥様もすっかりご立派になられて、旅館を切り盛りされておられました。お茶室に歩を進め、私はそこにあの懐かしい〈ちんから風炉〉を見たのです。『まあ、旦那さまがここにいらした』と声が出そうでした。ちんから風炉はこちらのご先代が戦後お求めになったそうです。野崎幻庵の売り立てでは何回もあったそうでございます。こちらでは、ちんから風炉の温かな姿に魅せられお求めにはなったものの、その扱い方、とくに長く延びたベロの使い方が分からず困っておられたそうです」

菜穂は続けた。

「私はご挨拶もそこそこにちんから風炉の前に座り、その肌をなで回し涙をこぼしたのです。風炉には、夏用の筒釜がかけてありました。色紙釜とも呼ばれる細長い釜は、私が旦那さまに三越百貨店でおねだりしたものです。『旦那さま、この筒釜はちんから風炉にぴったりです』と申し上げると旦那さまはちょっとびっくりされ、『菜穂も目が肥えたなあ』とおっしゃって五ケも買って下さったのです」

「思った通り、筒釜はちんから風炉にぴったりでした。『菜穂、手柄だったな』と褒めていただきました。そんな事まで思い出されました。肝心の風炉の扱いですか。ええ、覚えておりましたとも。ベロの上には、灰器などを飾るのです。面白いでしょう。この風炉は旦那さまの独創のようでございます。その事を、福住楼の奥様にお伝えできてよかったと思っております。ちんから風炉には、旦那さまの文字で『昭和壬申夏安閑山房主』と記されておりました。何もかもが懐かしく、胸がいっぱいでございました。その日は奥様のお心尽くしの茶会をしていただき、昔のお話に花を咲かせたのです。戦後の苦労を申し上げると『皆同じですよ』とおっしゃって『あの時はどなたも大変だったでしょう。あの山県さまの小田原夫人でさえ、お金にお困りになり、お道具や衣類を売りに出されたと伺っております』と話されました」

菜穂は改めて時代の流れを感じないわけにはいかなかった。

菜穂の知らないところで、野崎の遺品も売り買いされていたのだと改めて知らされたのだった。

菜穂はその時、福住楼の奥様に、益田邸が消えてしまった話をした。

「持仏堂がないのです。旦那さまのお位牌をお預けしてありましたのに、益田邸そのものが分譲地になってしまったのです。お位牌だけは返していただきたいと思いまして私は尋ね歩きました。飯泉のお観音さまに預かってもらったと聞いて、飯泉まで参りましたが、そんなものは知らないとの返事でした。私とすればどうにかして手元に取り戻したいお位牌でも、他の方にはただの木の端切れにすぎないのでしょう。そんなものですわね」

と菜穂は寂しく笑った。

「野崎様でも、東京のご本宅では、代も変わられ、小田原とはすっかりご縁が切れてしまわれたのですね」

とその時、福住楼の奥様は言われたのだ。

「お菜穂さまがこうして幻庵さまの精神を受け継がれて、伝えておられるのですもの。すばらしいと思います」

と奥様は言って下さったのだった。

「それは、それはありがたいお言葉でした」

と菜穂は言う。

そして、その昔、この美しい奥様の女としての幸せをこっそり妬んだ日のことを思い出して、苦笑するのだった。

塔ノ沢での感激の日から、しばらく経った時のことだった。平成三年になって菜穂は腰を抜かすほど驚くことに出っ食わした。その事を伝えてくれたのは、大野黙知という竹芸家だった。大野は若い頃、益田鈍翁に育てられた作家だった。

大野の妻が菜穂に電話をして来た。

「お菜穂さんですか」

と言ってから、

「安閑山房が出て来ましたよ」

と伝えたのだった。菜穂はそのことの意味が分かりかねていた。

「安閑山房が出て来たとはどういうことだろう。どこからどう出て来たのだろうか」

逸《はや》る気持ちを抑えて、話を聞いた。そして菜穂はあの懐かしい家が小田原市内の中島と言う古道具商の手に渡り、桑原に移築され、希望者には見学も許されるということを知った。

「それでね、市内の茶道好きが集まって、移築記念の茶会を開こうということになったのだそうです。それで私にも、その茶会に出ろと誘って下さったのです。夢ではないかと喜びました。安閑山房がまだあったなんて、それまで考えもしないでおりました。だって戦災もありましたし、とおの昔に人手に渡ったと聞いておりました。私はまた胸の中で申しました。『旦那さま、安閑山房に逢えるのですよ』と」

菜穂はその話を聞いた夜、興奮で寝つかれぬまま、あれこれ思いを巡らせているうち、「ハッ」と思いつく事があった。

なんとその年は野崎の五十年忌に当たるのだ。

野崎の命日までは、あと一か月ばかりだ。

「間に合う！　と私は飛び上がりました。そして、その翌日、大野さんにご連絡いたしました。安閑山房での茶会を幻庵追善茶会として、その日時を十二月二日にしてほしいとお願いしたのです」

菜穂がその一か月ばかりをどんな気持ちで過ごしたか、目に見えるようだった。

「私ね、その日、思い切って、昔旦那さまに買っていただいた縞のお召しを着ることにいたしました。少し派手過ぎないかとおっしゃいますか。二十歳の娘時代に着たものを九十近いばばあが着るのですから、そりゃあおかしいかもしれません。でもね、出して見ましたら、昔の若い女はこんなに地味なものを着ていたのかと驚きました。旦那さまの思い出の着物は今ではたった一枚きりです。生活に困った時、皆手放しました。この一枚はお棺に入るとき、着せてもらおうと思って大事に残して置いたのです」

菜穂は、背筋を伸ばして、その着物を着て、行ったこともない桑原という所に電車とバスを乗り継いで向かった。国道二五五号を少し入った所だと教えられた地に足を踏み入れた。

辺りは見渡す限りの平地だった。そののっぺりとした土地はかつては田んぼであったのだろう。いまはモダンな住宅が並んでいる。

そんな家並みの中に、いかにも古びた安閑山房が移築されていた。木造建築の寿命は二十年といわれている。安閑山房はすでに不動産的な価値はまったくゼロとされて放置されていたそうだ。

茶道に関心のあった中島道具商が解体寸前の安閑山房をもらい下げて、移築費用二百万円だけで自分のものにしたそうだ。

野崎が金に糸目をつけずに建てた茶室を兼ねた趣味の別邸であるだけに、さびれていても味わいがあった。

「安閑山房は菜穂のものだよ」

と野崎は言い暮したが、菜穂の手からこぼれて行ったまま、会うこともままならず、この時、ようやくの出会いとなった。

「もう胸がつまって口もきけなかったのです」

と菜穂は言った。

「あんまり感激すると涙も出て来ない。ただバカになったように、やたらにその家をなでまわしておりました。家の中に一歩足を踏み入れると、また新しいものが込み上げてきて、私はどうすることもできなくなっていました。お茶会ですか？　ええ、ようございましたとも。横山さんとおっしゃるお若い茶人がおられましてね。旦那さまの……、そう野崎幻庵の道具を沢山持っておられたのですよ。それればかりじゃないんです。旦那さまの書かれた二つの著書『茶会漫録』十六巻と『らくがき』をすべてお読み下さったというのです。その日の茶会もその方の肝煎りで、執り行われました。まるで旦那さまが生きて、お指図をされたようなお茶会でございました。ご本に残されたお茶の精神をそのまま表現されたというのです」

菜穂は、その日の茶会に使われた茶道具の数々に胸を震わせたと言う。

「だって、驚きましたよ。『菜穂女につかわす』『菜穂の為に』『菜穂女に』などあの日、旦那さまが箱書きして下さった文字が現れたのでございます。『なぜ、ここにこれがあるのでしょう』と私は思わず叫びました」

その日の茶会に集まった者は、それぞれ、幻庵の信奉者であるということだった。小田原の庶民の者たちにお茶を広めようとした幻庵の心は生きていたのだった。彼らは手に入れた茶道具に記された『菜穂』の二文字のなぞを追っていたのだった。

「あなたが菜穂さんだったのですね」

と頷き合あったのだった。菜穂は菜穂で、生活苦の途中で手放した茶道具たちに巡り合えた喜びに浸っているのだった。

その日、菜穂は懐かしい安閑山房の中をくまなく歩き回った。柱の一本一本に、窓の桟のすべてに、染みこんでいた記憶が蘇った。

「ここは旦那さまのお部屋、いつもお窓に向かったお机で、字を書いておられたっけ」

と懐かしさは限りがなかった。

茶会の後で、小さな祭壇が用意され、久野の東泉禅院の岸達志によって、野崎幻庵の五十年忌が営まれた。何もかもが、願ってもない成り行きであった。

「私が病に倒れたのは、その後のことです。もう何もかも終わって、これで旦那さまのおそばに行けると思ったとたん、喉にガンが見つかったのです。この年ですもの、手術なんて不要ですと申したのですが、お医者様に叱られました。最後まで生きなければならないとおっしゃるのですよ」

こうして、川島菜穂の長い話は終わった。

「あなたが来るのを待っていた」

と私に言い、思いの丈《たけ》を語ってくれた菜穂だったが、話し終わると疲れ果てたというふうに、眠りこんでしまった。そんな菜穂に足元にあった毛布を手繰り寄せ、胸を覆って、私は帰って来た。

三日後、病院からの知らせで、菜穂の死を知った。九十二歳の孤独な死であった。

しかし、彼女の死に顔は、少女のように可憐で、心から満足げであった。

「私はとうとう生娘のままで、一生を終わります。旦那さまは、おっしゃったのですよ。墨をする手は生娘に限ると。私は、あの世に参っても旦那さまの墨をすらしていただこうと思っています。資格は充分でしょう！」

とあの日、菜穂が笑いながら言ったことを私は思い出さずにはいられなかった。

遠い夕日が満足げな菜穂の頬を、赤く染めていた。

あとがき

私はその日のことを忘れることが出来ない。

昭和という年号が平成に変わったばかりの春の午後、朝から雨の降り止まぬ日だった。

まるで何かに誘われるように私の足は、小田原の松永記念館の庭の隅の小さな茶室に入って行った。その茶室が野崎幻庵の作った葉雨庵であることも確かめないまま、気がつくと床の間の前に座っていた。

そこに掛けられていた掛け軸の書に引付けられてしまったのだ。

「松皆福」という三文字が書かれてあった。これまでにこんなに優しい暖かな書を見たことがない。

「どなたの書かれた書でしょうか」

そこに居られた小宮宗恵とおっしゃる華道の宗匠にお尋ねした。

その日、初めて野崎幻庵の存在を知り、その時が、没後五十年であることを知った。小宮先生は幻庵のことを知りたかったら久野の東泉禅院の住職岸達志氏に尋ねなさいと言って下さった。岸さんだったら、随筆のお仲間として存じ上げている。

飛び立つ思いで岸さんに連絡をすると、

「それならよい人がいますよ。幻庵の最期を見取った奥女中をしていた女性です」

と久野在住の川口茂登さんを紹介下さった。私の久野通いが始まった。

川口茂登さんはその時、九十歳近くになって居られたが、野崎幻庵の五十回忌を済ませるまでは死ねないと頑張ってきたのだと話された。茂登さんは自分だけの力で旦那様の法事ができたのだと誇らしげだった。

東泉禅院での法事には野崎家の人は誰も見えなかったという。茂登さんは幻庵の残した和服を解いて小服紗を沢山作り、参会者に配ったのだという。

それでも、茂登さんの幻庵への思いは燃焼され尽くしてはいなかった。突然、見も知らぬ私が伺った時、

「あなたが来るのを待っていました」

と言ってくれたのだ。

「松皆福」の三文字の書体に心惹かれて幻庵の旅に出た私はその後、小田原の郷土資料館に寄贈された幻庵作の茶杓や茶碗に出会った。その茶碗の銘は「不行儀」というユニークなものだった。

それにしても私は、茂登さんの思いをどう受けとめたらいのだろうか。戸惑いながら相変わらず私は幻庵の旅を続けていた。

歳月はただ過ぎて行った。その間、幻庵の安閑山房が桑原の道具屋さんの手で奇跡的に移築されたことを知り、茂登さんと訪ねることが出来た。

塔の沢の福住楼の沢村みどりさんのお誘いで茂登さんとお伺いして幻庵作「ちんから風炉」の本物に出会うことも出来た。

茂登さんの喉頭がんが再発して、余命わずかと知らされたのはそれから間もなくのことだった。小田原市立病院に飛んで行った日、茂登さんはもう一度「あなたが来るのを待っていました」と言った。

私にはすべてが分かった。この女性は燃えたぎる思いを私に託して死んで行こうとしているのだ。私は何としてもこの女性の物語を後の世に伝えなくてはならない。

旧題『菜穂女につかわす』はこうして茂登さんをモデルにして書いたものだが、出版するあてもなく私のタンスの中で長く眠っていた。茂登さんの下さった幻庵の遺品の小服紗と重ねておいた。

その後、小田原の地方紙『神静民報』で『菜穂女につかわす』を連載の形で掲載していただくことが出来た。昭和十六年に死去した野崎幻庵を小田原の人々は忘れてはいなかった。

「野崎さんの小説読んでるよ。早く本になるといいねぇ」

と声をかけて下さる方もあった。

「野崎さんは小田原にとって特別の人だよ」

とみんなが言うのには訳があった。幻庵は小田原の人々を誰彼かまわずお茶席に誘い込み、「文化」というものをこの地に惜し気もなく与えた人だったのだ。

しかし、それでも『菜穂女につかわす』が一冊の本になることはなかった。ふたたび、タンスの中に原稿は収められて数年が経った。

平成十八年の春のことだ。大磯の竹内恵司氏の茶室に私は座っていた。そこの床に幻庵の軸がかかっていたのだ。実業家として大成をされている竹内氏との出会いによって氏が幻庵の熱烈な支持者であることをその日、知ったのだ。竹内氏は幻庵の書や道具、幻庵著『らくがき』まで持っておられた。

「幻庵の心がここに生きていた」

私は驚いて声も出ない。

「茂登さんが生きておられたらどんなに喜ばれたか」

と反射的に考えた。幻庵作の早川の茶室がひょっこり現れたのもその頃だった。福住楼の持ち物であった茶室は幻庵支持者たちの手で保存されることになった。

そんなことがあって『菜穂女につかわす』は長い眠りから覚めて竹内氏の援助によって一冊になることが出来た。

そしてこのたび、あらためて題名を『夢のまた夢』と変えて世に出ることとなった。これに勝る喜びはない。出版にご尽力いただいた出版プロデューサーの今井恒雄氏と展望社の唐澤明義社長に深く御礼申し上げたい。

令和六年九月

新井恵美子

【参考文献】

『らくがき』幻庵・野崎廣太　私家版
『茶会漫録』幻庵・野崎廣太　私家版
『鈍庵・益田孝』上下　白崎秀雄　新潮社
『三渓・原富太郎』白崎秀雄　新潮社
『武藤山治・入交好脩』吉川弘文堂　人物叢書
『箒のあと』上下　高橋箒庵　秋豊園
『昭和史』遠山茂樹等　岩波新書
『七十歳からの挑戦・電力の鬼松永安左エ門』新井恵美子　北辰堂出版

新井恵美子（あらい えみこ）
昭和 14 年、平凡出版（現マガジンハウス）創立者、岩掘喜之助の長女として東京に生まれ、疎開先の小田原で育つ。学習院大学文学部を結婚のため中退。日本ペンクラブ会員。日本文芸家協会会員。平成 8 年「モンテンルパの夜明け」で潮賞ノンフィクション部門賞受賞。著書に「岡倉天心物語」（神奈川新聞社）、「女たちの歌」（光文社）、「少年達の満州」（論創社）、「美空ひばり ふたたび」「七十歳からの挑戦 電力の鬼松永安左エ門」「八重の生涯」「パラオの恋 芸者久松の玉砕」「官兵衛の夢」「死刑囚の命を救った歌」「『暮しの手帖』花森安治と『平凡』岩掘喜之助」（以上北辰堂出版）、「昭和の銀幕スター 100 列伝」「私の『曽我物語』」「雲の流れに 古関裕而物語」「戦争を旅する」「老いらくの恋――川田順と俊子」「笠置シヅ子物語」（以上展望社）ほか多数。

夢のまた夢――野崎幻庵と菜穂の物語

令和 6 年 10 月 20 日発行
著者 / 新井恵美子
発行者 / 唐澤明義
発行 / 株式会社展望社
〒 112-0002 東京都文京区小石川 3 - 1 - 7 エコービル 202
TEL:03-3814-1997 FAX:03-3814-3063
http://tembo-books.jp
編集制作 / 今井恒雄
印刷製本 / モリモト印刷株式会社

ISBN 978-4-88546-450-8　定価はカバーに表記